踏着
月色的脚步

郑义伟　著

Ⓐ 群众出版社·北京

图书在版编目（CIP）数据

踏着月色的脚步/郑义伟著．—北京：群众出版社，2017.1
ISBN 978 – 7 – 5014 – 5636 – 9

Ⅰ.①踏…　Ⅱ.①郑…　Ⅲ.①诗集—中国—当代　Ⅳ.①I227

中国版本图书馆 CIP 数据核字（2017）第 023807 号

踏着月色的脚步

郑义伟　著

出版发行：群众出版社

地　　址：北京市丰台区方庄芳星园三区 15 号楼

邮政编码：100078

经　　销：新华书店

印　　刷：北京普瑞德印刷厂

版　　次：2017 年 1 月第 1 版

印　　次：2017 年 9 月第 2 次

印　　张：8.625

开　　本：880 毫米×1230 毫米　1/32

字　　数：223 千字

书　　号：ISBN 978 – 7 – 5014 – 5636 – 9

定　　价：32.00 元

网　　址：www.qzcbs.com

电子邮箱：qzcbs@ sohu. com

营销中心电话：010 – 83903254

读者服务部电话（门市）：010 – 83903257

警官读者俱乐部电话（网购、邮购）：010 – 83903253

文艺分社电话：010 – 83903973

目 录

序言　用爱浇灌生命之花　徐文龙

第一辑　握住乡情的手

剪一截光阴陪母亲走过莹莹的路径 / 3

晚霞依然美丽 / 5

雪花里的祝福 / 8

寒露晚秋晶莹的泪珠 / 11

掌声为你响起 / 12

这一刻 / 14

复制的钥匙 / 16

握住乡情的手 / 18

在小楼月色映照的窗前 / 21

穿过腊月的窗 / 22

故乡之童年小屋趣事 / 24

故乡之童年伙伴趣事 / 27

今夜烛光为谁燃起 / 31

相约春天的美丽 / 33

一个不用钥匙的皮箱 / 34

遥远的星 / 36

春的年轮 故乡的符号 / 39

等你在大凉山飘雪的冬季 / 40

白云下白云山庄 / 42

在春色浪漫的序曲里 / 44

故乡春天的田埂上 / 46

谁让我有双湿润的眼 / 49

咸咸的泪滴浸润了乡愁 / 51

触摸岁月的珍藏 / 55

岁月带不走的温柔 / 57

相约的路上遇见你 / 58

许多年以后 / 60

雨中的背影远去 / 62

把折叠的思念填满晨曦 / 65

离开了依然还会想起 / 67

相约黎明之前 / 71

流淌过故乡的时光 / 72

写满雪花的恋 / 75

陪你同醉在篝火的夜晚 / 78

曾经的岁月依然美丽 / 81

沙滩上的背影 / 82

我从这里走过 / 84

窗外的脚步声 / 86

醉一段红尘在轻风细雨里 / 87

把沉睡在月色里的梦叫醒 / 89

梦在轻柔曼妙的云朵里舒卷 / 91

第二辑　划过夜空的情牵

缝补忧伤的夜晚 / 95

从今天起 / 97

夜　这样地静 / 99

在爱的轨道上奔跑 / 101

最温暖的依靠 / 103

秋菊 / 105

没有雪花的圣诞夜 / 106

起航远行 / 107

倚窗沉醉 / 109

在相约的地平线上 / 111

月光如约走进不眠的廊窗 / 113

2012 年 12 月 21 日作品 / 114

行进在 2013 年春天的边缘 / 116

在归来与远行的路上 / 118

风吻湿了谁的眼睛 / 120

把爱做成一朵花别在衣襟 / 123

春水拂起一层细细的涟漪 / 125

第三辑　风中的玫瑰

聆听地域的吟唱 / 129

用千倍的放大镜寻你 / 131

太阳知道　风也知道 / 133

西班牙女郎 / 135

心中的太阳　梦里的月亮 / 137

等待夏夜的告别 / 140

歪着脸的月亮 / 142

驮着白云的马帮 / 145

在冬夜的炉火旁 / 147

三角梅 / 149

夜雾弥漫的凉山小站 / 150

穿过高原的雨巷 / 152

黄果树大瀑布 / 154

飞越南海 / 156

追梦鼓浪屿 / 158

大渡河畔绿泥石 / 160

雨中微笑的彩虹 / 163

沉默的崖柏 / 165

会理 / 168

第四辑　军旗下的风采

盈江之恋 / 173

忠诚无悔　爱无悔 / 175

为曾是士兵而自豪 / 176

在目光触及不到的凤尾竹下 / 178

这么多年不曾走远 / 180

绿色的橄榄枝 / 182

从滇池之滨起航 / 183

紧握窗前流泻的月光 / 186

重逢 / 190

第五辑　炽热情怀写下生命的崇高

　炽热情怀写下生命的崇高 / 193

　风儿飘过的方向 / 199

　深情地恋着你 / 201

　岁月变迁也无法阻挡对你的怀念 / 203

　谁在柳江畔 / 206

　牧笛吹奏在清明的路上 / 208

　你走那天正落雨 / 210

　血色黎明 / 212

　谁在虚掩的门里 / 214

　柳江水 / 216

　又一个春天 / 219

　噙满泪水的夏天 / 221

　告别藏青蓝 / 223

　燃烧生命的帮教专家 / 225

　眼里的警察老公有点傻 / 227

雪花飘落你是否会想起 / 229

站在风铃轻响的窗前 / 231

目光被抛在柳江 / 233

夜行远方 / 235

十月的颂歌 / 236

评论一　军魂警魄凝大爱　杨月平 / 239

评论二　浅谈郑义伟诗中的亲情、友情与爱情　薛启荣 / 241

评论三　生命里的另一朵花　王　哲 / 245

跋　用灵动的诗意诉说　郑义伟 / 249

后　记　 / 256

序言

用爱浇灌生命之花

徐文龙

"看似平淡实奇崛，成如容易却艰辛。"

英俊潇洒的诗友、多才多艺的铁路警察郑义伟要将他几十年创作的诗歌结集了，嘱我为其写点儿文字，我被这位能歌善乐的帅哥的执着所感动，欣然应允。

诗歌，既是诗又是歌。它的美在于唤醒内心的浪漫，呼应心灵的回声，延伸生活的憧憬。不能想象，人类如果没有诗歌，英雄射出的羽箭就没有了呼啸的气势；如果没有诗歌，掌上作舞的美姬就没有了曼妙的身姿。诗歌，因为和人的血脉流动合拍了，因为和人的思想驰骋相随了，就萌生出我们心灵里的一株嫩芽。它伸展开来，就是我们心田撑起的一片蓝天绿地。

郑义伟不抽烟，不喝酒，不打牌，静如一池清水，任时光在诗园里流连，在生命的彩虹深处馨香。

因为职业的原因，警察生活赋予了义伟铁血与豪情。他像个苦行僧，每走一步都凝聚着痛苦与汗水搅拌的艰辛，但他乐此不疲，在这片芳草地上，在书籍谱成的音阶里，任感情的音符汩汩流淌。

面对义伟多年的心血，我集中拜读时，无论新诗歌词，无论长句短语，都被其浓浓的爱意久久地笼罩着。是的，这是一种与生俱来的纯粹、透明。是爱的魅力让其作品蕴藏着积极的人文之情，彰显出奕奕神采，呈现生命之花、灵毓之气……

亲情、爱情、友情，战友之情、同学之情、故乡之情、自然之情都在他笔下彼此思念、熠熠生辉。他是用真情在讴歌人间的大爱呀！

爱会使我们的生命勃发更新。

"故乡明净的天空/暮色苍茫中/缓缓升起的月亮/写满了母亲的沧桑//聆听早春二月溪流含蓄的声响/为南高原的晨曦聚一点点微弱的光芒//岁月沿着斑驳的额头/抒写母爱的伟大与慈祥。"

郑义伟是一个孝子，他对父母说："母亲的爱如一盏灯，任思念游弋在静谧的夜晚，让至亲的爱与月亮高高挂在云端。当我每次别离，父亲的眼里总是泪水依依，生命像故乡船城的河水静静流淌，和龙肘山上沉默的索玛花一起绽放。"

是的，花开枝头，其实正是生命传承中最美的笑靥。

他对女儿说："小露珠无论你走到哪里，牵挂和关爱一直追随着你一路风雨。无论你走到哪里，别忘了永远是炎黄的子孙。"

他对自己说："岁月沧桑青葱的容颜，留一点时间，写半点思绪，去时光的隧道里品味深深浅浅的回忆。"

现实生活中，能牵手时何必只肩并肩，能拥抱时就不必只是手牵手，能相爱时一定要轰轰烈烈……郑义伟的爱情诗真挚大气。他认为唯有爱会成为生命的主旋律，跟着岁月慢慢走远。他对自己生命中的另一半则深情款款："从今天起，聆听窗前风铃摇曳，伴随远方爱的絮语，在遥远的郊外伸展双臂等你。"在歌词《最温暖的依靠》中写道："在牵手相依的岁月中/紧紧把爱情拥抱/用我的臂膀给你最温暖的依靠//待到枫叶红了的时候/轻轻为你唱响生命的乐章。"

在夜里，独自守望，听自己的呼吸，听那些细微逼真的声音。此时是涤荡芜杂纷乱的时刻，是明心见性的时分，该是多么珍贵。且看："红尘路上烟消云散/恍然如梦 守望孤灯一盏/轻舐秋夜的寒霜/或许是留给黎明的阑珊"（《缝补忧伤的夜晚》）"夜 这样地静//远山传来天籁之音/轻轻聆听越过山峦的话语//碰撞的心灵/迸发出心有灵犀的默契//明月泻影/与久违的恋情相遇……"（《夜 这样地静》）

义伟的诗，是情动于衷。他的诗看似语言平实，其中却激流涌动，也许真正的诗人就是这样，以小博大，以简喻深。写出"我"与岁月的奥秘，"我"与人生的关联。无论他歌颂的是对故乡的热恋和归依，还是人世间的真情流露，以及对世象的微妙把握，都离不开一个"情"字。

读他的诗，就会眼前一亮。这一亮，不仅是因为他对诗歌语言的组织能力和他独特的表达方式，更重要的是他的诗歌里，有着深沉的个人体验与深厚的感情。诗歌是义伟生命的海，面向它，义伟可耸立成沉默的礁岩；亦可奔腾成欢乐的浪花……

诗写他心，自然天成，根扎爱的土地，与梦同行。

2015年西昌作家采风团到望鱼古镇、上里古镇、九襄古镇、大渡河流域等地采风时，一把木吉他伴着他走一路、唱一路自己作词作曲的作品，流淌的旋律成为采风活动中一道亮丽的风景线。

他对大自然酣畅淋漓地说："汲取天地的精气，积淀万年沉香。不论夏暑冬寒，任凭虫蛀刀劈雷电，歪着头看苍穹的变迁，独自在悬崖边坐禅万年。"

郑义伟告诉我：知识的积累不是为了说明什么，而是让自己更清醒地为生命定位。珍惜自己拥有的，犹如花开遍地，树叶摇曳……

其实，每一个生命来到这个世界，都是敞开心扉而来的，就看你怎样把握吟唱这个过程。

郑义伟当过兵，三十多年了，这抹动人的橄榄绿依旧在他心中，永远鲜绿如青草，永远明媚似阳光。那些回忆的片段是对边疆、对军营和战友们不能忘却的记忆。在南疆骄阳似火的中缅边境线上，界碑前的哨兵，汗水流淌把哨位浸彻；在遥远南疆的竹林里、在阴冷潮湿的哨所旁、在飞沙走石的行军途中、在密林丛中的练兵场上，军营中的每一个角落，都有他和战友们绿色年华鲜亮的身影……

军人的忠诚，是血管里沸腾的血液，是生命中鲜活的灵魂。他在《绿色的橄榄枝》里这样写道："鲜花盛开／忠诚是写在大地上的和煦春风／／夜深人静／忠诚是写在人们睡梦中的甜蜜果实／／边关烽火燃起／忠诚是写在枪林弹雨中的热血诗行／／清晨放飞白鸽／军人的忠诚是写在日光里绿色的橄榄枝。"

郑义伟对自己的警察事业耿耿忠心，他把眼里的情、心中的爱浸润在恪尽职守之中，把忠诚刻在列车上，把青春献给祖国。他虽然身在公安战线，与极端的事件与人心的丑恶较量，外界的长矛利剑不时投射寒光。但我从他的诗歌中足以看出，他一直在寻找自我内心的宁静与温暖、踏实与宽厚。与大多数甘于平凡的人一样，悉心呵护自己的心路，珍惜每一次微小的感动。

他给警察战友在《谁在虚掩的门里》这样写道："离你太远了，在冷月映照的窗前，伸长脖子从窗口回望，寻找记忆里抹不去的符号。"

其实，诗歌是感于心、动于情的产物。没有自我诓骗的脂粉、故作高深的臆造。读郑义伟的诗歌或许也是一种修心的过程。因为情是年轻的心，从现实中喷涌而出，又澎湃地流回精神世界里。

如果说诗歌是飞翔的文字精灵，充满想象的天空，义伟的诗歌就是他心灵的折光，充满圣洁的虔诚。对情的倾心歌咏，展示内心的从容与气魄，用缤纷的色彩诠释自信，涌动生命的张力是义伟激情奔放的基础，亦是他诗歌充满活力的源泉。当然，这种生命的体验是要用心来慢慢体会的。

抛砖引玉也好，穿针引线也罢，无非是想让大家认识这位颇有才华的铁路公安诗人。进入他的诗歌领地，与他一同成长。

不以物喜，不以己悲，达则兼济天下，穷则独善其身，是我们的共同追求。

但愿我们：远者近，久者恒，善者共。

是为序。

2016 年仲夏夜于月城凌虚斋

（作者系著名作家、文艺评论家、诗人、画家，凉山州作家协会副主席、西昌市作家协会主席）

第一辑　握住乡情的手

夕阳下，沿着熟悉的轨迹，又一次回到难忘的故乡，来到美丽的城河岸边。从那一刻起，时间仿佛倒回纯真年代，一切都在不加修饰的简单中静谧而甜美。在记忆的河畔，在儿时的记忆中，在人生的路上，在铺满思绪的屋里，我可以敲打着键盘，随意移动鼠标，点击我于深山峡谷中珍藏已久的梦，点击年少时纯真的记忆，点击我的父老乡亲，点击曾经美丽而动人的故事。是谁，将瀛洲园的夜色点缀；是谁，在思念的船城把乡情苦苦追随；是谁，将久远的故事重温；是谁，为怀愁的人儿把阴霾轻轻揉碎！

剪一截光阴陪母亲走过耄耋的路径

——于母亲节献给老母亲

浓情五月
浸润金色晨晖
剪一截光阴
陪母亲走过耄耋的路径

今夜
写一首感恩的诗
把沉淀五十三载的爱
浓缩成一个寿字

八十三载的老母亲
洁白的雪花融化进你曾经的黑发
你依旧端坐在老屋里
轻轻吟唱童年的歌谣

母亲的爱是一盏不灭的灯
永远点亮在我心里

母亲的爱如一盏灯

如一盏指航灯指引着我成长的方向

无论我身在何处

心中永远点着一盏用母爱燃起的灯

她总是默默地陪伴着我

用她所有的光照亮着我成长的旅程

牵着伸出的手

从记忆出发

握紧变老的手

陪着母亲慢慢向远方前行

晚霞依然美丽

——献给母亲八十寿诞

春天常驻的地方

书写壮丽的篇章

母亲在秋天收获的季节

迎来八十载闪耀的辉煌

故乡明净的天空

暮色苍茫中

缓缓升起的月亮

写满母亲人生的沧桑

在船城的河床上

儿女们手捧涓涓流淌的河水

为母亲洗尽旅途的风霜

孙辈们唱着生日的歌谣

为寿星把烛光点亮

五十年前

母亲痛苦而艰难地挪动

在夕阳下的黄昏

我和胞妹这对小小的龙凤胎生命

从母亲温暖的子宫挣脱

在人世的苍穹渴望救援

奋力撕开重重雾帐

沿生命的轨迹

聆听早春二月溪流含蓄的声响

为南高原的晨曦聚一点点微弱的光芒

母亲深沉的思绪

隐藏着一丝淡淡的忧伤

母亲含泪艰难地行走

在撕裂的苦难中

岁月沿着斑驳的额头

抒写母爱的伟大与慈祥

这么多年了

母爱伴随我们把爱一代代传下

母亲把我们的生命

种植在故乡的原野上

母亲一生奔忙

发丝苍白早已显露风霜

把深深的爱放在心上

让儿女们在爱的天空下茁壮成长

曾经那个狭小的木屋
辗转让它变成了现在的模样
这个家若无母亲苦心支撑
哪有家的温暖和爱的滋养

晨曦的窗前你把归来的孩子望眼欲穿
夕阳的街口你把离去的儿女再次盼望
谁烹饪了回家孩子渴望的美味佳肴
谁点燃了严冬温暖的炉膛
是母亲把儿女抚养
长满老茧的手掌筑起一道温暖的墙

岁月如歌
走过半个多世纪
母亲风华正茂的身姿
已烙上了抹不去的痕迹
岁月容颜
时光落叶无情
夕阳晚照
晚霞依然美丽

雪花里的祝福

—— 致父亲八十六寿辰

在月亮升起的地方
想摘下白月亮
不说一句话
悄然送进父亲的梦乡

在心的深处
藏在别人碰不到的距离
任思念游弋在静谧的夜晚
让至亲的爱与月亮高挂在云端

父亲八十六载逝水年华
说不尽多少酸甜苦辣
风霜雪雨的人生旅程
留下几多动人的故事和美丽佳话

我的老父亲
头发稀少已经斑白

又深又长的抬头纹
沉重往下坠成一道弧线

父亲老了
腰却没有弯
像故乡白塔山的桅杆
一直伸向云端

父亲八十六载的沧桑写在脸上
在故乡冬雨洒落的街头
谁在晨曦里迈着迟缓的步履
谁的背影在夕阳下孤寂行走

儿女们刚点亮生日的烛光
却又闻听新年的钟声在远山敲响
儿时在您身边总觉得很远
远离了故土才懂得向您靠近

当我每次别离
父亲的眼里总是泪水依依
生命像故乡船城的河水静静流淌
和龙肘山上沉默的索玛花一起绽放

轻飘的笔写不出父亲的一生
脆弱的诗也撑不起父亲灿烂的天空
我是那样恋着您

沉默而慈爱的老父亲

父亲八十六载的人生
是磨难在枝头上被晾晒成坚强
岁月的脚步渐行着老去的容颜
双手紧握时间
就此搁浅别再走远
把祝福飘散在冬季的雪花里

寒露晚秋晶莹的泪珠

——给女儿露珠

那是红叶飘下的泪水
那是寒露晚秋晶莹的泪珠
想为女儿露珠写诗赞美
写晶莹剔透凝成一滴感恩的泪

露珠像父亲记忆的小河
滴洒在清澈透明的河面上
悦耳共鸣的声音像拨动的琴弦
在江河浪涛里涓涓流淌

晨雾散去
让朝霞喷薄冲动
沿风叩问的方向
露珠躲在绿叶的心房

泉水之音伴着清晨鸟儿鸣唱
是谁让晶莹剔透的露珠那样的美
在无声的花草树叶上闪闪发光
像满天的星星在夜色中那么明亮

掌声为你响起

—— 为女儿露珠即将踏上异国求学之路而作

八月天府桂花香

孩子你将踏上遥远而陌生的地方

小露珠无论你走到哪里

牵挂和关爱一直追随着你一路风雨

那渐近的足音已在远山敲响

遥远的征途不是天涯流浪

世界地图悬挂在墙上

那里的天空明澈而高远

你躺在碧草间

沉醉在花开草绿的山水里

东西半球的山峦

让我望眼欲穿

曾经一位国际友人

不远万里来到中国

为了人类的解放事业
今日你跨越广袤的地平线
到达他的家乡
去实现你人生的理想

父亲为你梳整远行的容装
带着五星红旗远行
父亲与你相约几载的归期
祖国的版图早已镶嵌在记忆里

无论你走到哪里
别忘了永远是炎黄的子孙
伟大的中华儿女
祖国和亲人永远在你心里

在机舱玻璃门前送别
没有挥手告别的身影
前行的路上
只有祝福陪伴远行

远航的风帆升起在地球的另一端
激流与险滩和暗礁在所难免
夜航闪烁的灯盏是你人生归港的海湾
等你学成归来掌声为你响起

这一刻

——为女儿露珠踏上异国求学之路而作

"谁不爱自己的母亲

用那滚烫的赤子心灵

亲爱的祖国

慈祥的母亲……"

唱着这支歌

哼着这首曲

从上海滩的黄浦江畔

到北美的基洛纳港湾

这一刻越洋的故事

在初秋飘落的细雨里

夏的柔情已被秋雨淋湿

最美的时光绽放在十八岁的花季

日渐丰满的羽毛振着翅膀

以动车的速度飞向天边

一股凉意吹进我空洞无奈的心间
撞击在怅然若失的灵魂边缘

别离时的伤感
那是初秋对夏日的思念
朵朵浪花都像晶莹的露珠
也像岩石上美丽得让人窒息的花瓣

目光追逐着飞的影子
时光隧道里有一双眺望的眼睛
心灵的港湾
划过难舍的情牵

复制的钥匙

——写在女儿十七岁的花季

十七岁的花季
一个风起的晨曦
用一把复制的钥匙
打开了通向梦想的门
开启美术与音乐的故事
与月亮星辰对话的大门

在冬的夜空下
泪珠洒满风中的玫瑰
用画笔画出自己的人生
用音乐表达感恩的心情

用这把复制的钥匙
为父亲和母亲
打开一扇清凉的窗
与流星雨一起飞落大地

让它打开海口的门
去探望深海未知的空间
别为求知时的困苦
而痛苦尖叫与哭泣

这把没有锁头的钥匙
将打开一首希望的摇篮曲
这把智慧的钥匙
将打开黑夜的门

握住乡情的手

——写在春天回乡的记忆

这么多年

就这样行走在回乡的路上

匆匆的行程

回乡的身影

像空中飘逸的云朵

停泊在云层深处

喝一口故乡的山泉水

清凉缓缓在心海流淌

冬去春来

春暖花开

季节更替岁月

在记忆里寻找回归的驿站

一程又一程梦回大凉山

梦回童年到少年的南高原

故乡的船城河畔

空气里浸润着丝丝凉意

古城的街道上

风中传来亲切的话语

与自己交谈到夜深人静

离去的脚步无须那般匆忙

静静地聆听温暖的声响

聆听故乡特有的味道

依稀记得那个午后

阳光躲进了初春的云层

天空洒落丝丝细雨

只有那位长发飘飘的姑娘

依旧站在十字街的路中央

像朝鲜电影里的《卖花姑娘》

谁的眼泪

在风霜雨雪里将天空淋湿

露珠滴洒的黄葛兰

在古楼城下散发苦涩而纯美的幽香

寒风穿透身心的凉意

吐露无人知晓的真相

那些滑过的凛冽

也无法摧折梦想的翅膀

昔日飘着暗香的景象
如今已化为浅浅的笑
默默的回眸
湿润了流年的沧桑

站在龙肘山巅
握住乡情的手
掀开故乡的衣襟
躺在温暖的怀抱

在故乡小雨如丝的春夜
等着你写意三月的画意

在小楼月色映照的窗前

故乡的路山道弯弯
在通往故乡的路上
微风中闻到了熟悉的味道
看见大山里梳妆的乡村姑娘

故乡的河水好似一盏清茶
淡淡地散发着古朴的醇香
到起航的地方赴约亲情
在久远的故土寻找乡音

站在小楼月色沉醉的窗前
八十老母用太阳的热度
点燃迷惘的梦境
用柔弱的双手滋润心田

夜风已冷
站在小楼月色映照的窗前
是八十有三的父亲
用最无私的爱温暖着沧桑的流年

穿过腊月的窗

穿过腊月的窗

微笑的月亮悬在天上

星星在夜空里眨着眼

归路人的脚步匆匆身影悠长

一年又一年

有几多归心似箭的渴望

寒风里的母亲在窗台翘首相望

老父在路口期盼的目光

阁楼里女儿丢弃在墙角的书包

和她偷闲的幸福模样

穿过腊月的窗

山的外面是友人栖息的地方

夜阑人静

炉火熊熊燃烧灯光依旧明亮

腊月的故乡

从公元前 111 年

历经了 2127 年的风雨

这座城池

还是千年的古朴模样

依旧保持着古香古色的味道

腊月的故乡

大街小巷的窗台后院挂满了腊货

空气中弥漫着腌腊的醇香

一副副传统的对联贴在门框

窗花亲吻着明净的玻璃

那别样的猴年灯笼啊

在故乡古城街道的屋檐下

在冬夜春晓的微风中轻轻摇晃

穿过腊月的窗

阳光绚烂的南高原

已披上了春的衣裳

我心深藏期盼与梦想

故乡之童年小屋趣事

远去的脚印

留在故乡古老街道的青石板上

沿记忆寻觅刻在石头上的歌谣

青瓦红门的木房排列街面

靠近水井的那间小屋

堆满了大哥从山野里拾来的木柴和松毛儿

夕阳西下

点燃土灶里的火苗

双手紧握半米长的竹筒

憋足一口气使劲往里吹

那些还未干透的木柴怎会熊熊燃烧

炊烟从灶孔里冒出

熏得我两眼紧闭眼泪直淌

呛得喘不过气闷得心慌

童年的夏天如期来到

最美妙的是黄昏暑热散去

老爹手里端着那碗做好的绿豆汤
美美地喝入口中五脏清凉

柔和的月色洒满四合小院
坐在青石板上聆听亲娘清唱的童谣
母亲的嗓音像三月的和风
像小溪的河水涓涓流淌

在后院的水井旁
我弯着腰将木桶从井口放下
绳索在手中左右摇晃
咚的一声水桶与井水发生碰撞

我和胞妹小双用尽吃奶的力气
将水桶扯到井口的边上
提着水桶我们一路小跑
脚一滑跌倒在地上井水打湿衣裳

漫天的雪花自由舞蹈
爹娘会定期到蔬菜社
用吱吱作响的木板车
拉回挑选便宜的青菜几大筐
东倒西歪的青菜躺在水井旁
被哗哗的声响冲得透亮
洗净晾蔫后的青菜
放进特制的腌缸

半月后母亲腌制好的酸菜
要多酸就有多酸
老爹坐在木凳上二郎腿跷得老高
叶子烟的云雾在微风中缭绕
老爹赤足踏在凉悠悠的石板上
观赏美景享受悠闲自在的时光

故乡之童年伙伴趣事

走进被雨淋湿的街道

记忆依旧那样绵长

一缕缕炊烟如青丝般镶嵌在瓦房

儿时的梦想依然在故乡

青春在岁月的长河中悄然逝去

步履日渐蹒跚岁月爬上容颜

倦了闲敲花落的感伤

倦了坐看云起的平淡

在独自的空间拨动琴弦

心灵的和声宁静致远

珍珠般晶莹的旋律像如歌的行板

唤起儿时无尽的怀念

月光如水放眼天空

细数满天遥不可及的星光灿烂

在滴血跪拜的船城河畔

往事随移动的月光攀窗而上
静静地回想亲切而熟悉的角落
伸出苍劲的双手把七月的流火点燃

月儿弯弯夜沉醉
习惯了夜晚数着星星睡
喝不尽后院的古井水
尝不够带皮的羊肉粉

儿时期盼过年穿上新衣裳
鸡火丝饵块香、鲜、美
采不完火红的石榴果
品不够浓香的抓酥味

是谁把我的心压得这样的疼
是谁把我的爱牵得那么的远
晨曦中脆弱的情感发出呼吸
我的诗歌在夜色来临之前

1980 年 11 月 22 日
时针指向三十多年前
九个 "彪形大汉"
黄昏的船城河畔跪拜结义金兰

怎能忘凑钱共喝一碗血旺汤
同吸一支春耕烟

白塔山下田埂边捉田鸡的夜晚
光着屁股在河水里憨憨的笑脸

长大后的孩童
双肩扛着对国家的责任
姑娘十八一朵花
男儿十八当兵保卫国家

老三、老五和我老四穿上了军装
成为故乡派遣到祖国前沿的卫士
远行边疆的那个冬夜
一个叫丁丁的少女来到我们中间
她拿出一本精美的笔记本
在扉页上留下了几行字
悄悄送给了老四
这是那个年代一个女孩儿的情感表达方式

"去吧为了教训越南小霸
你放心地去吧……"
丁丁真切的话语
是少女表现出的对少年的敬意

老大（黎安会）和老六（张东）
情感较为脆弱
听得眼圈发了红
老二（张明）、老七（蹇亚西）

这两位是会理县中队的武警

表现出了当代军人的豪气

老八（倪俊）、老九（周国军）

被丁丁真情的话语震撼得说不出话语

老三（邱贵荣）、老五（杨胜新）

还有我老四

眼角已噙满了泪花

哽咽的嗓子在发哑

再见吧妈妈

军号已吹响

钢枪已擦亮……

迈着矫健的步履

从故乡美丽的城河之滨远航

今夜烛光为谁燃起

——写在四十九岁奔天命的路上

时光无言流转

在奔向天命的路上

看见不再年轻

也没老去的模样

每一次看初升的太阳

总会感受到生命的苏醒与脉搏的跳动

每一回面对晚霞

会叹息岁月的仓促与无情

在恬淡宁静的深沉中

独坐窗前看流星划破天际

对着孤灯将片片往事撒在记忆深处

其实不用在乎太多

在人世诸多的寂寞里

也许人生就像一场含泪的雨

黑色的羽翼像飞翔的雄鹰
瑞士精美的机械
三百六十度转动着岁月的年轮
天命就这样在转动中悄然来临

黑色的手包细美娇嫩的宝贝
吸引我的眼睛
放在掌心像一床折叠好的棉被
散发无声的絮语

太阳与月亮的约会
演绎一段美丽传说
四十九岁烙上天命的痕迹
跨进生命长河的分水岭

生日的礼物
是一条金利来皮带
还有一枚属兔的玉佩
那是一件辟邪的东西

在奔向天命的路上
腰间的彩带牵挂着女儿纯真的爱
颈项悬挂的饰品贴心的是一份真情
今夜生日的烛光为谁燃起……

相约春天的美丽

——写在五十岁天命之日

曾经错过春天的花期
失约杏花盛开的美丽

每一个湿润的吻
都是心灵深处发出碰撞的声音
每一次舌尖的颤动
是情到深处的诉说

今夜月色很美
唱响彼此生日的歌声
漫步星空下的沙滩
在微风吹拂的邛海岸边踏浪

今夜默许心愿滞留在指间
把烛光中的愿望悄然存放
也把美好的祝福
轻轻放在心的角落处珍藏

一个不用钥匙的皮箱

——写在五十二岁之际

一个不用钥匙的皮箱
从少年一直陪伴离乡

很多时候
悄悄躲在阁楼房间
把喜欢的宝贝往箱子里装
各种各样的物品
自己需要或不需要的
喜欢或不喜欢的东西
不停地往里装
直到塞不下的时候

多年以后
皮箱抖落掉不少物品
想捡回皮箱里的东西
却只找到清晰或模糊的记忆

月光洒落
暮色临近
人生没有返程的车票
只能在冷空气里缓步前行
岁月沧桑青葱的容颜
留一点时间
写半点思绪
去时光隧道里品味深深浅浅的回忆

一封情书仍藏在箱底
一位比我大三岁的邻居姐姐让我抄写
那是第一次写给一个女孩
写给谁我不知道
只想提前写一封放在皮箱里
准备有一天送给我想送的人

遥远的星

—— 写在五十三岁之际

夜色来临

在遥远的天际

谁是那颗闪亮的星

在天边睁大眼睛

我想用榕树的藤蔓做个天梯

爬上云端把您摘下装在兜里

相望的世界

遥遥远远的距离像夜空的流星

优雅的姿态

在我的掌心划过一道弧形

我致歉

这颗耀眼的星

在我的世界里

还不算来得太迟

初春的故乡

遇见了您

放不下

再也放不下是那优雅的姿势

当我不再年轻

也未老去时

多想在行进的轨迹上

从黄昏等您到天明

等您一起开始

从这一年最美好的时光中

在杨柳依依的河畔

相约春天的美丽

在云海里漫步

躺在云朵里写诗

让心灵的独白

直抵您的心

在故乡的春夜

曾经一次次

我向熟悉的人

悄悄打听过您

如今我在彩云之南

在故乡外的陌生城市

看见您的黑发在风中飘逸

静静感受这一丝微甜的忧郁

春的年轮　故乡的符号

除夕在温暖的寒夜里
等待猴年的钟声敲响
故乡清晨的土地
想用诗人的目光
找寻春的轮回
找寻年轮上不曾消失的符号

年夜饭还是那个传统的家乡味道
除夕夜春晚美食红包鞭炮一样不少
远离故乡的孩子已经长高
在基洛纳海滩聆听乡音的歌唱

耄耋的双亲却在变小
凝望父母岁月的脸庞
写满了人生的沧桑
流金岁月的人生轨迹
我那目光触及的视野
是远了还是近了

等你在大凉山飘雪的冬季

—— 致会理一中初中七八级五班同窗（一）

心灵的故乡

在心灯闪亮的地方

穿过秋天的枫叶

抵达风雪覆盖的大凉山

在雪雾缭绕的云端

伸开滚烫的双手

相拥飘落的雪片

心随雪花一起飞

被皑皑白雪簇拥的世界

如同父母斑白的头顶

也像自己渐渐变白的耳鬓

飘落了多少岁月的痕迹

轻盈的雪花在寒风里哭泣

飘落在脸上也浸湿了衣襟

雪花满地
抚平了几多扛不住的忧郁

在婀娜飞舞的雪花里窃窃私语
静静感受空灵中飘逸的静谧
在初冬的第一场雪花里
把思念抒写成一片片爱的诗意

在南高原银装素裹的远方
等一场风花雪月的相遇
等你在夜莺歌唱的地方
相约大凉山飘雪的冬季

白云下白云山庄

——致会理一中初中七八级五班同窗（二）

南高原湛蓝的天空
一朵白云迈着优雅高贵的步伐
犹如踩着阿根廷探戈舞步的女人
傲视群雄歪斜着夸张的姿势
在《只差一步》的旋律中
展示洁白自由美丽的身躯

故乡红色的土地
田野里左右摇晃的油菜花
像一对对初恋的情侣
旋转起优雅的华尔兹
河床跳动的浪花
奏响了春的序曲

白云下白云山庄
年少的伙伴相约重聚美好的时光
诉说蹉跎岁月里光阴的故事
回忆那段青春的岁月

追寻遥远的记忆
和刻在石头上的秘密
时间穿过身体
生命中的一切已尘埃落定
三十四年后与你在故乡重聚
依旧会心跳加速让人感到窒息

我不介意
谁曾有意无意伤害过自己
但却在乎
在那青春娇美的年代谁把谁藏在心里

同窗和同桌的你
其实呀有些年少的秘密
打死也不能说出半句
无论对方是情侣还是爱妻

这个春天与同窗伙伴的点点滴滴
都和我有密切的关系
你久远的细节和我矫情的叹息
撒落在猴年的阳光里

让故乡的气息
停泊在前行路上的某个地方
让同窗的情谊
在每一处遥想的夜晚被火把点亮熊熊燃起

在春色浪漫的序曲里

——致会理一中初中七八级五班同窗（三）

在春色浪漫的序曲里
我们用力吮吸春的气息

让心情撩拨春的飘逸
陪着春天一起嬉闹
跟着春风轻轻地飘
与地球一起奔跑

已过中年
三十余载的会面
胸中仍会涌起莫名的波澜
无声地掠过眼前

曾经那颗从未萌芽的心声
在故乡的初春被唤醒
多想展露承载岁月的风尘
即使容颜已不再光鲜

在被灯光与美妙音乐渲染的夜晚
你无言的凝视伴我度过不眠的夜晚
你的问候
印证了你早已镌刻在我心中的惦念

我的脚步不再匆匆
不会再踌躇
我将重拾起儿时失落的歌声
诉说心中的愁怨
在故乡春色浪漫的序曲里

故乡春天的田埂上

——致会理一中初中七八级五班同窗（四）

在那青草味飘荡的晨曦

沿杨柳依依的河畔

突然又走进了你

走向沉醉的心海

我爱着你啊

一厢情愿地爱着这片土地

微风吹拂的夜晚

谁轻轻推开虚掩的门

走进古朴典雅的楼居

在暮色中的那一盏灯火里

用精美的水杯盛满春夜的佳酿

沏一壶甘甜的加拿大红玫瑰

冲一杯香醇浓郁的越南咖啡

醉美在阁楼无尽的回味

泪水打湿了衣裳

思念你哟梦中的姑娘
故乡在哪里呀
这首带有高原味的抒情歌曲
在吉他低调忧伤的琴音中
诉说着清浅的乡愁

夜阑人静了
真的不愿让你离去
多想追忆年少的时光
寻觅刻在石头上的歌谣

冬的雪花已飘落天际
谁的背影在油菜花里穿行
喜欢一次次多彩的相聚
喜欢一遍遍倾听你的故事

重返故土的诗行
飘落在故乡春天的田埂上
山庄庭院的迎春花
像少女羞涩的脸

同窗的伙伴
在相约的天颐园
杨式太极拳　武当太极剑
一招一式蕴藏着无限循环的空间

如果你想滑动舞步
我会为你弹奏优美的小夜曲
就这么尽情地销魂吧
当我们还未老去

在月光洒满的窗口
我放不下手中的笔
在春的屋檐下
我从燃烧的诗行里悄然站起
写下激动的故事
珍藏难舍的回忆

谁让我有双湿润的眼

——致会理一中初中七八级五班同窗（五）

左手紧扣右手
右手拎着对方
慢点可以再慢一点
让我用绵软的诗行为你铺垫
在春天的布谷声中
在你心田隐藏最隐秘的暖

窗外的雨沙沙落下
暴雨来临又要出发
雨像一道闪电
在夜空中划成一条曲线

黎明把黑夜撕碎的瞬间
泪水滑落眼角让人伤感
拾起岁月的背包
装满记忆的碎片

谁让我有双湿润的眼

躲在小树旁想把泪擦干

一滴雨水与另一滴雨水

在树叶上追赶

雨跳过雨伞

泪洒在天边

想象

有另一种可能出现

不用翻越山峦

不必趟过河滩

我与故乡的你

相约在匆匆那年

咸咸的泪滴浸润了乡愁

——致会理一中初中七八级五班同窗（六）

这个夏天

在故乡零距离与你相聚

龙肘山飘逸的云雾

会不会遮断你淡淡的娇羞

这个夏天

诗歌像浪漫的序曲

在风里雨里

在云海里穿行

等你在南高原

等你在船城河畔

等你在梦里

等你在永恒

你的头靠着我的肩

我的手触摸你的脸

雨轻轻地飘

泪轻轻地流

谁能告诉我船城的河水

能不能托起清澈的明眸

谁用指挥家的手势

指挥着一场人生的盛宴

在诗歌中与你相遇

为了实现这样的约会

我该怎样采用独特的语言

才能表达出深藏久远的情感

如果哪一天躺在文学的土地上长眠

那是我人生的宿愿

也是文学艺术的完美期盼

在不能抵达远方

可以在一首诗的时空中流浪

如同汩汩暖流在我们的心间流淌

它没有茶叶那样丰富的内涵

也没有咖啡那样浓烈的芳香

像一杯白开水那样平淡无奇

透着清新、质朴与真实坦荡

逆境中

同学是一把火

燃烧激情　情谊不弃

顺境里
同学是一块冰
使你宠辱不惊

风雨中
同学是相携的臂膀
是遮风挡雨的那把伞

阳光里
同学是蓝天上飘荡的白云
是雨后的那道彩虹

女孩们还是那么长发飘飘
一个个在灿烂的阳光下微笑
步履矫健的男生啊
在校园的角落寻找从前的符号

谁的歌声在耳边回荡
谁的影子在月光下那般悠长
我们无论身在何处
一生都在寻找自己的精彩
愿每件悠悠往事都像激越的鼓点
宛若一位清新温婉的女子吟唱美妙的瞬间

时间像河流一样曲曲弯弯
流过岁月的峡谷和平原
唯有那醇美如酒、酸涩如醋的过程
还依然闪烁在记忆的沙滩

在回归的路上
我收回了凝望的目光
离去时
咸咸的泪滴浸润了乡愁

触摸岁月的珍藏

——致会理一中初七八级五班同窗（七）

触摸岁月的珍藏

一群原乡人的歌唱

朝着春天常驻的方向

邂逅在石榴花开的故乡

站在索玛花怒放的龙肘山下

守望一个个依然年轻的模样

怀想三十八载年少时光

青春的记忆在校园绵长

相约同窗情

知道你会来

亲吻青春的背影

翻开尘封的记忆

我将岁月苦吟成一首

湿漉漉的诗行

在高南原的夜晚
轻轻抚摸你苍凉的脸

夜风掀起窗帘
慌乱一双明媚的眼
谁躲在窗后
等待爱过的女生出现

岁月磨砺容颜
多想偷偷看清你的脸
我们如此之近
其实只隔着一盏灯的距离

岁月带不走的温柔

——致会理一中初中七八级五班同窗（八）

月光如水的夜晚

温存的目光在梦中出现

婉约唯美的画面陶醉缠绵

温暖像只小船在夜的床头悄悄搁浅

很多时候

只差一步

就能看见你的温柔

很多时候

多想牵着你的手

不约而同对往事回首

匆匆那年像一个长镜头

凝视青春消失在视角的前面

当青春的容颜不再回头

你是否和我一样在找寻的路口

相约在还未老去的时候

相约在青春逝去的尽头

相约的路上遇见你

——致会理一中初中七八级五班同窗（九）

怀揣那颗童真的心

越过生命的分水岭

蓦然回首白驹过隙

我们不再年轻却还未老去

八月的故乡

南高原清凉的夏季

站在校园门口傻傻地等你

等待三十八载别离的归期

在相约的路上遇见你

泪水悄然把双眼迷离

几多秘密藏在温柔的怀里

化成点点微甜的诗句

在诗的远方遇见你

灿烂的夏季绽放迷人的美丽

怎能忘记一生最美的回忆
把滚烫的同窗情留在心里

踏着月色的脚步
亲吻露珠滴落的大地
谁与我同醉在晨曦的光影里
聆听黎明前孤独的小夜曲

许多年以后

——致会理一中初中七八级五班同窗（十）

许多年以后
我们在校园相约聚首
又见夜读灯下的身影
泪珠从眼角悄悄滑落

远行的背包
装满樱花装满浪漫
装满诗歌装满音乐
装满对故乡深深的眷恋

亲密的同窗
我初中七八级五班的姐妹兄弟
谢谢你从我记忆中走过
一个个永不消失的完美视线

许多年以后
再回首心还会颤抖

不见当年青春的娇羞
只有走远后甜美的笑容

很多时候
想悄悄给你一个问候
用唇语将那些若水的诗句朗诵
回忆止不住像潮水般从心海涌出

亲密的同窗
我初中七八级五班的姐妹兄弟
你的行踪牵动着我的心弦
你的眼神闪烁着别后的思念

雨中的背影远去

——致会理一中初中七八级五班同窗（十一）

行进垭口

突然一场暴雨倾泻山间

把追梦撕成碎片

雨中留下淡淡的剪影画面

雨从天边抵达心间

思绪在雨幕中渐行渐远

谁在雨里奔跑

谁在雨中撑起那把带花的伞

雨伞打开了另一面

依然望不见山花烂漫

一串串雨滴忧伤地断了线

在伞角旋转舞动缠绵

窄小的伞下

遮挡风雨的那点空间

被雨淋湿的玉体
散发特有的气息

雨伞与雨伞间的距离
模糊了明眸的视线
伞下的空间
已装不下满怀愁绪

骤雨从伞上越过
错过雨的伞
躲在角落嘲笑
被雨淋湿的雨中人

雨中没有伞
或许还会走得更远
弯弯曲曲的山路
回望的乡愁

来不及撑伞
来不及伤感
时光淡淡　水月镜花
思绪迷失在红尘驿站

也许人生中的缘分早已注定
或者今生的相遇只是前世的延续
故乡校园与同窗伙伴的呼唤

分明是我们前世今生的缘

渐渐隐去的背影
在山道的雨中远去
哪里是此岸
何处有彼岸

把折叠的思念填满晨曦

——致会理一中初中七八级五班同窗（十二）

当我写下"暗夜"

曙光照亮山川

当我写下"浪花"

河水已随波逐流

当我写下"怀念"

仿佛身影又在眼前

当我写下"聚首"

背影已走远

当我写下"严寒"

青涩忧郁了春天

最后的风景

在山的那边

在季节的深处

走向岁月的黄昏

走到儿时的远方

把最美的记忆拾起藏在心间

我在故乡寻找远方

却只寻得了夜幕下不知疲倦的灯光

不是来得太晚

而是琴声已断

隔着玻璃的距离

幻想回到从前

在生命中写诗

写心中故乡的宁静和悲悯

诗是落在故乡的尘埃

把最美的词语藏在心里

在阁楼的窗沿

和你一起聆听风起花落的声音

把折叠的思念填满晨曦

怀抱优雅的故事吟唱万篇

离开了依然还会想起

——致会理一中初中七八级五班同窗（十三）

用色彩承载相约的归期
多想寻觅校园的足迹
近在咫尺却遥遥无期
让心穿越逝去的记忆

赶赴一场盛宴
却不见久违的期盼
一个色彩斑斓的词语
被锋利的武器劈成两半

一个送给别人
一个留给自己
雅号像羞涩的红霞
比太阳更光鲜美丽

找寻儿时的路太短
难以割舍的同窗情怀

眼眶中溢出的泪水

从眼角滑落最后一滴

真的惧怕遭遇一场大雨的袭击

谁会在意枝头上那只忧伤的秋蝉发出的声音

够不到美丽的渴望

也许真的离得太远

曾经热爱过的季节

那个冬季向你靠近

等你在大凉山飘雪的冬季

重聚白云山庄绽放春的美丽

滚烫的夏天

相约黎明的归期

夏秋交替的夜晚

拾起三十八载的记忆

南高原的故乡

夜已渐凉

灯光微微闪亮

把一份柔情洒在翠绿的窗台上

细碎的时光里

静静等待

停下脚步深情凝望

那水月镜花里娇美的模样

立秋的夜晚
诗心被闪电劈成碎片
全方位搜索恰当的语句
用来温暖被雨水淋湿的心

怀伤的愁绪伴着雨声难以入眠
相约重逢的时光已走远
只剩下无言的诗篇
停泊在三十八年归期的驿站

黎明的诱惑随风飘散
伤逝的印痕捂不住我炽热的情感
盛大的聚会
终于帷幕落下圆圆满满

花开花谢终有归期
聚首相逢也会别离
谁在谁心里
谁在谁梦里

旅途有伏有起
生活或悲或喜
有许多烦心事
其实不必在意

红尘中遇见你

是今生的美丽

把沉默留给自己

离开了依然还会想起

相约黎明之前

——致会理一中初中七八级五班同窗（十四）

我们常在心中彼此想念
我们常在梦里走进校园
岁月的风霜染白了鬓发
心中的芳草绿遍了天涯

越过课桌中间画着的分界线
娇羞的容颜乘着岁月的光阴已走远
别离三十八载青春的记忆
我们把同窗情缘抒写成爱的诗篇

细雨洒落榴花飘香的故乡
微风吹进晨读声声的课堂
同窗友情好似银色的月光
心灵深处透着质朴与坦荡

浓浓情谊温暖在流淌的心田
相约黎明之前赶赴一场多彩的盛宴
回想三十八载年少的时光
我们的精彩故事　优雅美丽的明天

流淌过故乡的时光

——致会理一中初中七八级西昌同窗（一）

秋天美丽的那片云

代表着对同窗思念的一场雨

淋湿了衣襟

淋湿了大地

初秋

心灵之旅

追逐远去的记忆

跨越三十八载的同窗情

十八位主角

十八个精美的优雅故事

会理一中初中七八级西昌同窗伙伴

在月亮升起的地方

十八个不再年轻却还未老去的模样

集聚顺和堂山庄

据说召开第一次一至六班年级峰会

讨论四十载重返校园的准备

久违的声音
像秋风吹进夜的梦里
绿荫下
定格美丽的接头暗语

这么多年了
突然间放慢脚步
我们一路追寻
精彩的人生轨迹

岁月错过几多的痛
淡淡的忧伤萦绕心头
谁能触碰到内心深处的柔软
其实生命中最本质的那是美好

今夜我把自己
浸润在如水的月光里
让淡淡微风吹起心中无限的涟漪
聆听心之低语
你的柔情融化在我的眸子里
闭上眼睛把你的影子刻画成诗意

流淌过故乡的时光

那是生命中难忘的记忆

珍视所有渴望的每一个瞬间

把滚落嘴角的泪珠吞入心里　吞进梦里

写满雪花的恋

——致会理一中初中七八级西昌同窗（二）

绚烂的彩虹倚在冬的窗口
用诗歌的语言叠成一句温柔
把你放在最宁静的角落
请允许我这样静静地想你

寂静漫过失落的夜晚
谁点亮了温暖的灯盏
期许你在黎明前出现
把重逢化成一世的眷恋

站在邛海湖畔寻觅
目光走不出熟悉的背影
四十年前
一幅久远的剪影定格眼帘

刹那间难忘画面依稀
操场教室课桌黑板

捣蛋的花季少年
惹得羞涩的少女泪流满面

青春是条一去不复返的河流
一张张亲切熟悉的面容
还有泪光润湿的双眼
花季刻下深深的烙印

长发随风舞动
背影留在我身后
回头望你转身已走
目光停留在岁月的深处

从此我们丢掉了彼此
我唯有站在光阴的路口
顶着连绵不断的风雨
默默期盼相聚的归期

生命的音符被双肩托起
我什么也不想说
只想把写满雪花的恋
寄存在约定的那个夜晚

风吹入盛满忧郁的眼眸
触疼微皱的眉头
保持一颗玻璃透明的心

在纷飞的思绪里

回首旅途匆匆的脚步
青涩盛满酒窝的面容
今夜的风
很轻很轻

陪你同醉在篝火的夜晚

——致会理一中初中七八级二班同窗

微风送来熟悉的乡音
像吹进书房的风很轻很轻
小心翼翼搜索恰当的词语
静默在温馨的时空里

静夜抒写美丽的曾经
同窗灯下若隐若现的夜读背影
黄土坡送肥路上的欢歌笑语
依然还在耳边响起

在月光下等你
心早已穿越了千年
篝火燃起青春的火焰
让梦枕着你的名字甜蜜入眠

一幅幅放大的旧照片
流动着青春光影的画卷

一张张滚烫的邀请函

写满了梦中思念的片段

垂柳抖落了夕阳

洒落的月光把梦照亮

看一看女生温柔的青春年华

读一读男子汉荡气回肠的人生感叹

捧满深夜的秋寒

捧起一盏灯的温暖

烘烤冰冷孤独的心

醉美在烟雨枫叶里

逝去的岁月如梦如幻

封存的记忆穿过心灵

像邛海湿地的青石小桥

安静地连接我你之间

等待跋涉路上的你

诉说隐藏的传奇故事

知道我等你多久了

等思念的梦影悄然来临

回想三十八载激情燃烧的岁月

忽明忽暗的情怀化为丝丝惦念

站在岸边以等待的姿势出现

等你的到来哪怕再等千年

秋色
铺设的是另一种境界
美丽而非凡
在秋的明净中
从容聆听人生脚步的回响
感受和品味生命的斑斓

更深夜静
无数的星辰亮起
在天空写下你的名字
会理一中初中七八级二班亲密的伙伴

曾经的岁月依然美丽

——为会理一中初中七八级二班同学会电视片所作主题歌词

谁不期盼重温纯美的情感
谁不怀念青春逝去的容颜
时光远去的回声潜藏在每一瞬间
相约数十载诉说人生各自的平凡

悄悄打开深藏的秘密
细细品味青涩的记忆
等一场风花雪月的相遇
写下融进生命的诗情

你甜美的微笑像花蕊那样灿烂
珍藏的同窗友情种在心田
我愿与你同醒同醉在金江书院
黄土坡路上山花依旧烂漫

天空飘落片片晶莹的雪花
深情融化在冬的天涯
闭上眼睛寻觅校园的足迹
曾经的岁月依然美丽

沙滩上的背影

——致故乡的友人

大海激越翻滚着浪花

在海潮退却的沙滩上

灼热的金黄色细沙

静静铺撒在海岸

是谁吹一首大凉山口弦情歌

陪着沙滩上的女孩一起踏浪

柔软飘逸的长裙下

露出一双洁白的脚丫

阳光明媚的海岸上

海风吹拂秀美披肩的长发

疲惫而孤独的身影

沉思着回家的朵朵浪花

等一场海浪的冲刷

听一次海风吹拂的声响

在澳州黄金海岸的海韵里
洗尽人生的风霜

有关生命中记忆的碎片
乘着岁月的光线消逝在海的一边
沙滩、阳光　伊人还未苍老
猜想有你回眸的一笑

我从这里走过

——致故乡的同窗

我从这里孤独走过

走进岁月的长河

风雨里聆听脚步的回声

在你深情的凝视里安稳地走着

走进一片深蓝

走进了云水边

秘密在心里涌起阵阵涟漪

心总是忐忑不安

把逝去的时光死死盯着

蓦然回首那欢乐无忧的童年

无数次在梦里遇见

思念隐藏在心的深处总是那么柔软

难忘校园的那段嬉戏

风吹干了洒落的泪滴

怀念在家乡阁楼的煤油灯下
偷看写给你的情书的欢颜

岁月揉皱了年少的心
翻箱倒柜捕捉失落的过去
等一个人的出现
时光催老了容颜

我从心海走过
脚步落在了梦的远方
走进你的泪光
走不出那颗温暖的心房

弯月的银钩
勾起儿时的怀念像潮水一般
采一片冰美的雪花掬成一朵花瓣
温柔成一首满笺的诗篇

窗外的脚步声

——致故乡的同窗友人

在岁月的故乡
在冬夜的城楼之上
等你在曾经的梦里
等你成为不眠的守望

从未这样深情地聆听
由远及近的声音
滴滴答答的脚步声
像教堂摇摆的钟声

相约冬的夜晚
微风吹拂无尽的惆怅
鼓楼书吧的窗前
思绪缠绕在沉寂的心底

在人生的画卷里相聚
在时光的流逝里寻觅
回眸你的背影
在窗外远去的路上

醉一段红尘在轻风细雨里

——致美丽的宁静

穿越岁月的长河

站在小河的对岸

遥望远方的山峦

我的梦却总朝向你这边

相约的时光一年又一年

幻梦的絮语早已沉淀

谁在寂静的冬夜忧伤

谁在最深的角落把孤独掩藏

朦胧的初恋

伴随玫瑰花香的浪漫

甜蜜在心海又起涟漪

想用一段情铸就一部经典

梦里几度醉卧红尘深处

我情感的空间储满了太多悲欢

蓦然回首
细数千万次的眷恋

寻觅心海里那片宁静的美丽
替你擦拭一次次滑落的相思
在等待中向你走来
把一颗心折叠成一朵玫瑰放在你的掌心

暮色中夕阳沉醉
伊人惊醒于长河岸边
醉一段红尘在轻风细雨里
梦你在夜色深处　灯火阑珊

把沉睡在月色里的梦叫醒

——致学号为五十三号的同学

不知道用怎样的语言去表达对同窗的情感
其实有些话早已酝酿了多年
不知道脑海里是否留存彼此记忆的片段
其实有份柔情一直存放在一个人的心间

在冬季的大凉山与你相遇
雪花能让你体验一段青春的童话
泛红的脸颊
心跳的距离

开启封存已久的记忆
斟一壶岁月酿造的美酒
举杯饮尽漫过酒香的浓情
在透明的玻璃杯中沉醉千年

岁月带走娇嫩的容颜
多想点燃青春的火焰
翻开尘封的记忆

亲吻青春的背影

三十三年前
在成昆线永郎站
你从我身边匆匆走过
好想走近你
把沉睡在月色里的梦叫醒
在轻吟浅唱的诗意中与你相遇

熟悉而陌生的眼睛盯着我
我的底气从你身旁"勇士"的注视中滑落
擦肩而过的风
有如冬季的寒意

为你而泻的情牵
有如瀑布飞溅
把唯美的感觉
写进昨夜梦中的怀念

我那蓄满情感的心田
等待着耕耘者的出现
在风花雪月的窗前
你是否读懂我用诗歌铺满的春天

你轻轻地来
还会静静地离开
伸出温柔的手
牵着光阴慢慢地走

梦在轻柔曼妙的云朵里舒卷

——致会理第五小学的师生们

这样地恬静

一处开满鲜花的山庄

飘雪的冬季

我又来访

沿炊烟缭绕的方向

回到深爱的故乡

载着满满的情谊

品味原初的味道

怀揣那颗童真的心

越过生命的分水岭

那些散落的记忆碎片

柔软得像城河岸边的垂柳　触手可及

珍藏一个个喜欢的符号

在心灯点亮的地方

我们彼此的目光
在绚烂的光影下
在无声的对视里
甜美把梦拉得比影子还长

年轮刻印经年的皱纹
岁月抽走青春的容颜
刀锋将浅浅的愁绪割断
梦在轻柔曼妙的云朵里舒卷

倚在冬天的窗口
我们用诗歌的语言叠成一句温柔
把彼此放在最宁静的角落
请允许我这样静静地把你想念

黄昏漫过田野
我已远行在路上
期待同窗友情
像故乡明净的天空长久地蓝

第二辑　划过夜空的情牵

徘徊在围城的边缘，茫然地看着月光下孤独的身影，多想靠近一扇亮着灯的窗，可黑夜的窗前只有我在低声吟唱。我深沉的情感，一直萦绕在沉寂、凄凉的夜晚。谁能隔着时光抚摸深藏已久的伤痛，谁能在幽暗的夜晚悄然走到你的身后，轻抚着你的双肩，把珍藏已久的心事倾吐？告诉我，怎样才能靠近你羞涩的美丽；告诉我，怎样才能在雨中聆听你柔美的笑声？

缝补忧伤的夜晚

——致雨夜中的友人

夜色
覆盖我的双眼
静静地在生命的驿站
死死盯着背影走向远山

岁月流淌时光淡淡
归期是否依然
在你爽约的那条小溪边
聆听流水潺潺

精彩的故事
美丽的谎言真假难辨
一句句隐藏忧伤的欺骗
却不忍揭穿透明玻璃的空间

一直那样满满的
沉睡在柔美的臂弯

等你在雪花飘落的冬季
懂你在缝补忧伤的夜晚

寻不到你的笑脸
只有模糊的容颜
把肝肠寸断的恋情
装进沉醉思念的空间

红尘路上烟消云散
恍然如梦　守望孤灯一盏
轻舐秋夜的寒霜
或许是留给黎明的阑珊

从今天起

从今天起

我用诗歌填满黑夜的空虚

拾起一串串诗行

听诗意像一片片树叶落下的声音

从今天起

在相望的凝眸里

为一帘幽梦的诗句

给我的诗歌谱写一首忧伤婉约的歌曲

从今天起

不要像雨一样一直哭泣

让诗歌铺垫寻觅的路径

顺着雨滴的轨迹写一首浪漫的情诗

从今天起

把自己交给蓝天大地

沿南高原的脊梁继续夜行

爱我今生无悔的美丽

从今天起

聆听窗前风铃摇曳

伴随远方爱的絮语

在遥远的郊外伸展双臂等你

夜 这样地静

夜 这样地静

远山传来天籁之音

轻轻聆听越过山峦的话语

碰撞的心灵

迸发出心有灵犀的默契

明月泻影

与久违的恋情相遇

月夜的夏日

银光温柔的手指

摩挲着颜面

轻绕在腰间

假如能创造一个完美的梦境

在梦的轻波里迷醉

夜 这样地静

你在天的那方

我在地的这边

星星在幽蓝而深邃的夜空眨着眼

弯月洒着银光

刀锋像一把犀利的战剑

劈斩着彻骨的阴凉

似丘比特的神箭刺入爱的胸膛

夜

这样地静

静得只能感知自己在宇宙间起伏

感知与自然同在一个脉搏里跳动

在爱的轨道上奔跑

牵着你的手

在爱的轨道上奔跑

躺在臂弯里

享受幸福的时光

暮色淡淡的黄昏

独自遥望天边

清风明月的夜晚

聆听温柔的低语

轻轻触摸跳动的心

感受生命的美丽

这是情与情的撞击

这是心与心的交融

纷纷扬扬的记忆

夜风中的私语

前世美丽的相约

今生温柔的相逢

牵着你的手

向世人宣告

远处悠扬的琴声响起

轻轻撞击虚掩的心扉

生命的航船

驶入漂泊多年的港湾

走进生命

喜欢一个人的感觉真好

把心永远都给你

让爱让情留在索玛花开的地方

最温暖的依靠

——致刘九妹

在月亮升起的地方
我执着守望生命中的下一个梦想
在晨光熹微的东方
在泸山葱郁的山头上
你的声音伴随着百灵鸟的歌唱

在牵手相依的岁月中
紧紧把爱情拥抱
用我的臂膀给你最温暖的依靠
待到山花烂漫的时候
悄然为你点亮征程的火光

在月亮升起的地方
我充满期望　等待生命中的下一次辉煌
在夕阳西沉的黄昏
在邛海岸边的沙滩上
你的英姿沐浴着金色的霞光

在茶马古道的书屋里

抒写爱情的篇章

用我的生命给你最温暖的阳光

待到枫叶红了的时候

轻轻为你唱响生命的乐章

秋　菊

采菊东篱下悠然见南山
远去时光的流影
不见暮色中篱下采菊的踪迹
只有秋菊在风中静静地伫立

遥闻秋菊淡雅清香
没有牡丹富贵
也无百合迷香
只是傲然独放

秋雨伴随秋风扑面而来
菊挺直了脊梁
在悠然的南山上
迎风傲然开放

没有雪花的圣诞夜

——给大洋彼岸的平平

2011 年 12 月 24 日
一个没有雪花的圣诞夜
月光浪漫　星光璀璨
烛光摇曳　映衬出多彩的圣诞梦

颂歌越过大凉山
我伫立在低矮的窗前
仰望幽蓝而深邃的夜空
看星星在云海里自由地漫步

平安夜悠长的钟声回响在耳边
圣诞夜的赞美诗唱响在天地间
平安夜敲响生命的钟声
圣诞夜带来生命的礼赞

在没有飘雪的大凉山
淡淡的寄语化作飘落的瞬间
为远方挚爱的人带去圣诞的礼物
传递本命年最美好的祝愿

起航远行

——给大洋彼岸的平平

起航沿春天的脚步

在蜿蜒的成昆线向大洋彼岸奔去

虽然隔着遥远的距离

其实在那个浪漫的夏季

已记住了你

成熟的小女生

在不知晓的水草岸旁

沿攀岩的路径默默前行

寻找生命的轨迹

几许风霜与雪雨

几多离情又依依

今夜微风渐起

起航远行

轻轻地在寂静的夜里

以长者的身份放逐美好的祝愿

月色依依
起航远行
回到求知的那片土地
那一望无垠的海岸
将别离的距离
阻隔在南北回归线

今夜
想用心去丈量
丈量
被身影遮盖的风霜

倚窗沉醉

红玫瑰的馨香
巧克力的甜美
夜色中烛光下的晚宴
是怎样的浪漫

很久了一直守望着
这样一个美好的时光
曾经沉醉多年的情感
在月光柔美的夏夜被唤醒

爱是那样地深　那样地沉
爱得忘了自己
忘了风中漫步月下的守望
忘了倚窗沉醉窗外的雨滴

晨曦熟悉的身影
走过窗前的姿势
黄昏淡淡地想起

离去的倩影

在天涯的某个角落
眼泪悄悄地流
真情通过指间跳动的音符
在键盘上弹奏

漫步在爱恋的时光里
静静地遥望彼此的距离
宁愿为君消得人憔悴
哪怕是衣带渐宽亦不悔

在相约的地平线上

在相约的地平线上
踏着浪花的脚步
顺着彩虹般的光线
看清了险些忘却的记忆
那投射在大地上的身影
怎能将行进的步履羁绊

梦想与太阳一同从东方升起
透过晨曦与黄昏的光影
在相约的地平线上迈着轻盈的步履
伸出手臂在冬季相聚

在相约的地平线上
谁不忆起久违的声音
昨天是今天的回忆
明天是今天的延续

在时光流逝的记忆里

唯有那段纯美的恋情

永远珍藏心底

珍藏在谁也无法靠近的距离

暮色淡淡的星光

星空闪烁无数的星星

独自遥望心的方向

在这冷月的领地

月亮似一把犀利的刀锋

在夜空闪耀

心如那亘古的月光

点缀心海

多想永远走进你的记忆

点燃一盏温情的心灯

让爱不再孤独

让心忘却寒冷

期待相逢的那一刻

让纯美的爱情体味真爱

走过的足迹留下记忆

昨日梦里相会

悄悄把美好的感觉深藏心里

让爱像月光下的水雾轻轻蔓延

月光如约走进不眠的廊窗

烟雨迷蒙

细雨绵绵

滴答的雨悄无声息

风轻轻掠过安宁的河畔

电闪伴随雷鸣

狂风和着暴雨

雨淋湿了窗外的三角梅

也洗去了心灵的尘埃

寂静的夜被雨声湮没

我的梦境被你的倩影覆盖

走过岁月的背影

时光辗转着记忆的轮回

在七月的流火里

唱出一份浪漫纯美的情怀

月光冲破流云的遮挡

如约走进不眠的廊窗

2012 年 12 月 21 日作品

这一天

情感与爱恋

像此起彼伏的山峦由近到远

如变幻莫测的风云已凉渐寒

风中夹着酸雨

闻到极其苦涩的味道

在琴韵书屋孤独守着寂静

用琴声弹奏出堆积在心底的忧伤

这一年

脚步匆匆

转瞬已行进在岁末的终点

穿透夜色直到山峰露出晨曦的笑脸

亲情和恋情

在十字路口相望

挤成一排排的诗行

层层叠叠放在心房

在雪花飘落的世界
赴约无法割舍的情怀
泪水在岁月的长河中
飘向远方独处的角落

寒冷的冬夜仰望苍穹
守望那片璀璨的星空……
无论白雪还是雨滴
相拥总是一份感动

行进在 2013 年春天的边缘

轻轻地牵着手

在歌声中点燃彝家熊熊的火把

踏着露珠滴落的田野

行进在春天的边缘

站在南高原的云端

触摸白云蓝天

亲吻河流大地

拥抱春天的温暖

星光闪烁

漫游的薄云从山峰掠过

透过窗口

夜色依旧阑珊

宁静的夜

星星的眼神为何那样缠绵

月光下越过时空的祝福

诗意在爱的天地间

眺望层层叠叠的山峦
记忆在岁月中像枫叶一样飘落
远去了那些不规则的时光流影
蹉跎几多岁月的痕迹
在岁月如歌的旅途中
行进在南高原春天边缘的云端

在归来与远行的路上

这是怎样一个令人心仪的季节

冬梅的幽香呼应春的景象

轻纱般的薄雾缭绕在南高原

袅袅炊烟弥漫江河山冈

在冬雨洒落的大凉山上

谁站成一尊峭然的雕像

倾听着汽笛的悠长鸣响

伫立在铁道旁向北遥望

列车闪电般的目光

滑过长夜溅起的火星

像一道彩虹划过夜空

在钢铁银河上蜿蜒飞翔

列车在盘山的云雾中穿行

在夜色中若隐若现

追逐的身影扯痛了不舍的视线

大洋彼岸归来依旧牵着衣襟

乘着歌声的翅膀

在冬季回到起航的故乡

在滋养的土地上

还未热烈亲吻泥土的芳香

却又沿着春的方向

行进在远行的路上

冬夜独坐窗前敲打着键盘

记录下属于记忆的篇章

我想以这样的方式

为曾经送别的身影

也为了重聚的时光

保持一种最完美的形象

在回归和即将远行的路上

可知晓唤你乳名的亲人

一直把你含在舌尖

放在别人无法触及的地方

在暗夜的尽头倾听岁月的回声

在时间的深处迎接黎明的曙光

风吻湿了谁的眼睛

五十年前的今天因你的降临成为美丽日子
世界便多了一抹诱人的色彩
一切都在逐渐变淡
唯有爱成为生命的主旋律跟着岁月慢慢走远

时间的磨盘碾压岁月的更替
青春的气息已渐渐散尽
生命的脉搏没有了高亢
血液里的激情不再燃烧

时光以飘逸的姿态
在时空隧道里走过一个个年轮
在岁月长河里闯入了生命的秋天
已知天命经历了挫折的磨砺
清洗心灵的创伤
更懂用心去细细品味心灵的碰撞

在生命的速度里

是谁在月光下用灵动的诗意诉说

诉说烛光里和烛光外

那些并未走远的精彩的故事

是谁踏着月色的脚步

逆着刺骨的寒风

牵手在烛光闪亮的方向

从天命的分水岭走来

风吹过少年时期的冲动

风吹过色彩斑斓的流年

风从故乡轻轻吹来

吹进烛光闪亮的木屋窗口

风吻湿了谁的眼睛

谁的歌声从夜色中穿过

绿的世界　春的颜色

把春天的故事唱响

醉在春风细雨中

在人生的秋天

舒展飞翔的翅膀

朝南半球的方向一个叫墨尔本的地方

风从布莱顿海岸吹来

有一天会在圣科达海滩

在菲茨萝公园绿草如茵的草地

盘腿坐在柔和的春风里

把美好装入行囊

乘着岁月的光线扬帆起航

把爱做成一朵花别在衣襟

——贺平平、玮昊新婚（一）

在茫茫人海遇见你

春天绽放的爱情是幸福的美丽

把一生托在你的掌心

把爱做成一朵花别在衣襟

留洋的佳话

诉说一段完美的恋情

生命中最美的时光

从遇到你的那一刻起

站在时光的彼岸

回看此岸的光阴

这一辈子挪不开半步

再也放不下　从此不分离

不是雨无心

只是泪多情

因为欢喜你

才因你伤心

三月　光芒四射的火焰

燃烧在上海滩的夜晚

婉约妩媚的心弦让人迷恋

不用丈量玫瑰至嘴唇的距离

手牵着手走向蔚蓝的天空

知道柳眉为谁而描

知道为谁托起风雨

始终站在你的身旁

与爱一起拥抱太阳

一窗春晓

染绿了出嫁新娘青涩的嫁衣

愿美好的祝福成为幸福的开始

在燃烧的焰火中绽放青春的美丽

时光静好

让爱的声音在天空回荡

让诗意如丝绸的雨落入灯红酒绿

走向春天里看一道看不够的风景

春水拂起一层细细的涟漪

轻噙夜色的微寒

用浅色的眼从春的窗口把你望穿

你如一缕绚丽的光

在彼此的生命里

把期待美好的爱情渴望

投射在黎明的窗口上

春的窗口

爱情在燃烧

2016 年 3 月 26 日

爱吻湿了眼睛

这一天

谁点亮了许愿的心形蜡烛

虔诚许愿

打开瓶盖倒下香槟

香槟代表相敬如宾

喝下交杯酒

把钻戒佩戴在对方的无名指上

庄严宣誓真心爱你不离不弃

在这个美丽的日子

世界多了一抹诱人的色彩

岁月以飘逸的姿态在时空的隧道穿行

时光磨砺

血液里燃烧的激情

会让彼此更用心去品味心灵的撞击

一句贴切的心语

轻轻撞击着微微虚掩的心扉

在生命的轨迹里

月光下用灵动的诗意

诉说烛光里和烛光外

那精彩的故事

牵手走向烛光闪亮的方向

越过生命的分水岭

用柔情抚慰爱情

在一汪春水里拂起一层细细的涟漪

第三辑　风中的玫瑰

　　在大自然的世界里，流淌着一条蕴含丰富的河流，像一曲命运的交响乐。在晨曦中，望穿过黑夜的隧道的时空，望穿过风尘岁月而来的小路，望飘过遥远的山峦间的那朵白云，望倒映在小溪中的身影，望初升的太阳，由此感受生命的苏醒与脉动。

　　在大自然的窗口，可以看见春的花朵、听到春的声音、闻到春的味道、触摸到田野的气息。空气中有一种相知相惜的味道，月亮、彩虹、瀑布、河水、雨滴、花朵、炉火、夜雾，还有男人和女人，连无言的风都知道。在大自然的窗口，我用力吮吸春的味道，接受阳光的普照，感受春日暖阳、微风拂面，让阳光层层包裹，让心情撩拨风的飘逸，陪着春秋冬夏一起嬉闹，跟着风雨轻轻地飘。

聆听地域的吟唱

——致中国诗人吉狄马加

世界各大洲百余名男女老少

集聚凉山这片神奇的土地

在彝族文化重要的发源地

彝族史诗《勒俄特依》与《玛牧特依》的故乡

今夜

我们用诗意的翅膀

把泰戈尔、普希金、莎士比亚

战国的屈原和汉代的司马相如、杨雄

唐代的李白、杜甫

宋代的苏东坡、明代的杨升庵

一颗颗天空中最灿烂的星

带到凉山这块浸润着诗性的土地

今夜

遥远国度缠绵的柔情

和着彝人天籁般的嗓音

演绎精彩的小夜曲

从大凉山走出的彝人
吉狄马加用本民族的地域般的母语吟诵
"谁也不能高过你的头颅"
献给"中华诗祖"屈原

6 月 27 日雨夜
一个喜讯被传播得比风还快
中国诗人吉狄马加
荣获"2016 年度欧洲诗歌与艺术荷马奖"

疾风中的词语
像爬在土地上的诗行
将岁月的风铃摇响
在大凉山邛海湖畔静静流淌

用千倍的放大镜寻你

——致土耳其诗人阿涛·贝赫拉娜格鲁

用千倍的放大镜

在世界的地图上寻你

寻觅二十三国诗友涉水而来的足迹

我们在人海里找寻　在诗歌中相遇

在诗意流淌的邛海之滨

二十三个国家和地区的百位中外诗人

在金鹰剧场音乐厅举行

2016"丝绸之路"国际诗歌周朗诵会

我们悄然走近

沉醉在你低沉富有磁性的声音里

掌声在我的耳边轰鸣

像从头顶飞过的轰炸机

今夜

认识了经历磨难的土耳其杰出诗人

阿涛·贝赫拉娜格鲁

四面楚歌的你必须抉择

火山、沼泽

苦役、流亡……

时光逝去

在头晕目眩的洪流中

挚爱的家乡

等着你的归期

有雨的清晨你悄然回故城

——伊斯坦布尔

熟悉而陌生的街道

如再别康桥斑斓的梦

太阳知道 风也知道

——致中国诗人叶延滨

一代大师叶延滨

二十余部诗歌作品集被译成十余国文字

出版四十五部个人文学专著

荣获五十余种文学奖

多么美

这是一种幸福感

太阳知道

风也知道

雨丝细细地飘落

玫瑰焰火与诗人一路同行

心的沉吟在美丽的瞬间

都市罗曼史没有蜜月的箴言

生命在琴弦上滑动

血液的歌声

沧桑在天堂与地狱间

流淌在时间背后的河流上

唯美的诗句伴随夜雨

零距离与中国诗坛大师级人物

——叶延滨老师相遇

你的"一颗子弹想停下来转个弯"

不禁让一位警察感悟

把一生只飞一次的命运变成了自由

西班牙女郎

——致西班牙女诗人约兰达·卡丝塔诺

约兰达·卡丝塔诺

一位年轻的西班牙女郎

出版过六本诗集

被译成十五个国家的语言文字

我请她在西昌邛海"丝绸之路"国际诗歌周

诗文选《词语疾风中的凉山》扉页上签名

她问我是否喜欢西班牙

我回答，是的

我不仅喜欢西班牙优雅的斗牛士

而且喜欢足球勇士顽强的意志

像绿茵场上的劳尔·冈萨雷斯·布兰科

也喜欢像你这样风雅的女诗人

她说

我经过这里无数次

从来没有见过你

我说
你到中国见没见过我不重要
只需记住北京雄伟的天安门、故宫与长城
记住西昌的邛海与湿地
还有大凉山飞翔的雄鹰

在中国
有许多没见过更无法用语言来表达的美景
你曾用手臂测量过萨拉热窝的岩洞
却无法用脚步丈量中国古老而神秘的土地

中国西昌丝绸之路诗歌行
我喜欢从故乡飘出的诗魂
和那些接地气的声音
西班牙迷人女郎
有一天我会把你忘记
却忘不了邛海湖畔那双蓝色而迷人的眼睛

就这样告别吧
让我们在雨中温柔地话别
多年后也许还记得你的名字
——约兰达·卡丝塔诺

心中的太阳　梦里的月亮

　　　　——致挪威女诗人莎拉·卡米尔全家

在大凉山邛海之滨的金鹰大剧院
想读懂一张张不同肤色的脸
抚摸一首首婉约的诗行
聆听诗魂在雨夜吟唱

主持、嘉宾、诗人
玫瑰、清茶、咖啡
初夏的灼热
诗意在夜色中畅想

这是诗人的同一舞台
不分国界集聚一堂
今夜听见未来与诗的声音
雷雨注定陪伴走在失眠的诗意之路上

你说自己来自小小的国家
北欧风情的挪威

那曲折的海岸线

造就万岛峡湾的美丽景色

北极圈内的极光

夏日午夜的太阳

微笑在高山丛林

幸福与安宁流淌在清澈的小溪

向日葵是你的又一个伴侣

盛开的花蕾慰藉着曾经悲伤的心

是诗歌让你在这个世界上

找到了属于自己的位置

多么美好幸福啊

奥斯陆的孩子

加勒比海的女儿

多元文化熏陶照亮艺术之路

如灿烂的夏花悄然绽放

梦与月亮在邛海夜空一同升起

来吧

大凉山的警察

我们在有雨的夏夜

拍一张黄白黑三色的记忆

白与黑组成完美的家庭

躺在妈妈怀里的混血儿

转动明亮的眸子
微笑着使劲睁大眼睛

爱是永恒的玫瑰
我以诗为最高礼赞
致挪威妈妈心中的太阳
还有刚果爸爸梦里的月亮

父母是孩子的太阳
温暖着前行的希望
孩子是父母的月亮
柔美着心中的念想
你心中的太阳
我梦里的月亮

等待夏夜的告别

——致中国台湾地区诗人绿蒂（王吉隆）

一个世界性的诗歌运动

正在全世界不同的地方悄然兴起

那鲁湾的兄长

像海峡对岸阿里山恒久屹立

如他，绿蒂

荣获宝岛台湾诗歌终生成就奖的诗人

他说结识大凉山的雄鹰

大陆警察诗人让他有些惊喜

文弟的诗歌《会理》

散发出浓浓乡情的泥土气息

抒发诗人的柔情与厚意

彰显诗人对这片热土深深地挚爱和归依

接地气的吟唱让他多了几分敬意

《秋水诗刊》需要这样来自乡土地域的声音

出版的十七部诗集

不久将从宝岛寄到文弟手里

今夜我想为台湾同胞写诗赞美
书落点点心语
在光阴的转角处
大雨嗅到了离别的气息
等待夏夜的告别
结束即是开始

歪着脸的月亮

西昌

月亮升起的地方

夜莺歌唱在邛海岸边

摇曳的柳枝静静地在夜色中守望

遥望浩瀚的宇宙

对月空充满了无限的遐想

邀约明净湖中沉睡的月亮

聆听秋日恋曲　唱醉梦里水乡

在太阳拒绝光明的夜晚

月亮吞噬了所有的黑暗

皓月当空的月亮啊

满天星星都会黯然神伤

抬头仰望泸山松上可摘的月亮

低头邀约明净湖中沉睡的月亮

一个身影出现在波光粼粼的邛池旁

双手捧着的不是一坛珍藏的桂花酒
而是滴满了千年的相思泪
孤独的守望者等候风帆起航

那一年
嫦娥从这里奔月
狠心地抛下了痴情的郎
去月宫编织那美丽的传说
让泪洒在奔跑在刀锋边缘的玉兔身上
一个人体味千年的孤独

歪着脸的月亮
冲破流云的遮挡
踏着月色的脚步
爬进不眠的廊窗

凄美的月亮坐在床沿
温润清冷的月光
伴着夜的浅凉
凝结成一种淡淡的忧伤
夜风睡着了
唯一更耀眼的太阳
还在几万米的高空燃烧
它不能让黑夜变亮

透过刺眼的月光

一夜无法把眼睛闭上
深夜来访的月亮
陪伴在静默的梦乡

今夜的冷月像屁股一样饱满
秋月在幽蓝而深邃的夜空眨着眼
月色皎皎的夜晚
银光温柔的手指摩挲着颜面

我是那样恋着你
神秘的大凉山
美丽的西昌
邛海湖中歪着脸的月亮

注：本诗荣获"中国·西昌 2014 中秋全国原创诗歌大赛"优秀奖。

驮着白云的马帮

行走在远古洪荒的南丝路上
脊梁上行走驮着白云的马帮
一曲悠长的铜铃声撕破山间的宁静
如天籁般飘荡在苍茫的大地上
歌声穿越在久远迷蒙的风雨里
茶马古道上传来舞动皮鞭的声响

漫步在古老的青石板路上
抚摸长有青苔的城墙
环视街道两旁古朴的木屋
雨水洗濯着尘埃在青瓦上娓娓歌唱

往岁月逆行的方向
沿长满青苔的地方
感受古道西风冷月
聆听山间铜铃悠长

岁月以飘逸的姿态

在时空的隧道里

走过一个又一个年轮

风吹过色彩斑斓的流年

远处落寞的曲调响起

哀怨诉说往昔的悲伤

谁的笛声在暗夜哭泣

谁把古老的歌谣传唱

岁月以飘逸的姿态

在时空的隧道里

走过一个又一个年轮

风吹过色彩斑斓的流年

在这条远古的路上

悠悠的铜铃声仿佛还在山谷回荡

远去了驮着南方丝绸的马帮

还有那历史云烟的起伏跌宕

在冬夜的炉火旁

——致友人

冬夜　友人如约来到

炉火旁围坐不再年轻的模样

行客、勿忘我、一叶小舟

这三个网名的组合

另有一种解答

行客别忘了一叶小舟啊

透过炉火的方向

勿忘我的目光向我偷望

一叶小舟用疑惑的眼神

想用一种方式表达

我仰着头思索

以在冬夜的炉火旁为题写首诗

在冬夜的炉火旁

三个人品尝浓浓的明前茶

多年以后

打开记忆

请记住今夜炉火旁的对话

在走向没有月光的尽头

把文学、诗歌、音乐

把友情一起带进天堂

在寒冷的冬夜

伫立在窗前凝望

躺在床头遐想

伸出被窝的手

用冰凉的指尖

去触摸梳理一句句诗行

在寒冷的冬夜

诗歌拥抱着寂寞

在寒冷的冬夜

不禁想起穆旦在《赠别》中的诗行

当你老了

独自面对炉火

就会知道有一个灵魂

他曾经爱过你的变化万千

旅梦碎了

他爱得愁绪纷纷

三角梅

三角梅是攀西高原的象征
以叶呈三角状而得名
红似彝家节日的火把
紫若安宁河畔落日的余晖

西昌月城阳光下的美
晨曦中又见飘落的花瓣
静静地飘落到另一块栖居的故里
这是心灵的相约　生命的归期

暮色里听见降临的脚步声
离开了根植而依恋的土地
用最灿烂的生命
点缀世界的美丽

三角梅没有牡丹的华贵
也没有夜来香的温馨沉醉
只有殷红而饱满的身躯
只有属于飘落后的那片草坪

夜雾弥漫的凉山小站

夜雾弥漫又想起

记忆中那遥远的凉山小站

二十七年前

从遥远的山峦走来

第一次踏上这片被夜雾弥漫的热土

命运将注定结下不解的铁路情缘

夜雾弥漫的凉山小站

让穿过黑夜的特快列车停靠一分钟

蹚河而来的彝族老阿普背上的小阿依

生命得到了延续

踏上热土的那一天

夜雾弥漫的小站啊

夜雾挡不住绚丽的景

夜雾遮不住小站人的情

我爱你啊

夜雾弥漫的凉山小站

注：2010 年 1 月，本诗被《中国诗刊》报和《人民铁道》报联合选入由作家出版社出版的《和谐铁路诗歌卷》。

穿过高原的雨巷

穿过镇远下着细雨的浅巷

寻找一份远去的空间

沿着青石板古老的遗迹

品味云峰深处的奇观

夕阳像一团灼热的火焰挂在天边

背影深处一座远古的庙宇庭院

这里有千年的传说

还有越过山峦的诗篇

舞阳河上赏烟波柳翠

在明城墙砖缝间流连触摸

举目远眺青龙洞

悬崖绝壁楼宇亭阁

宛如一组鬼斧神工的巨型浮雕

又像一幅淡抹素描的水墨画卷

青龙洞儒、释、道三教

楼中有楼　洞中有洞
翘檐凌空　雕梁画栋
曲径通幽　恍若迷宫
古建筑群落历经沧海桑田
古驿道还未被岁月风尘湮没

西两山夹着舞阳河
南北水陆石桥连接府卫两城
步道古桥
聆听苗侗的天籁吟唱

夜游古镇
领略古城历史风貌
舟行古河河道
摇摇晃晃的乌篷船
船头荡漾碧波一片

穿过高原的雨巷
青石街头撑着伞的侗家阿妹
还有身着银色服饰的苗寨姑娘
那婀娜多姿的身影让人遐想

黄果树大瀑布

多姿多彩的黄果树瀑布

亚洲第一

没有尼加拉瓜瀑布一泻千里

却有飞流直下的银珠

汹涌奔腾的气势

像一幅宽阔的水晶

从山和天的交接处悬垂

跌落犀牛潭中

瀑布闪烁耀眼的光斑

水花腾起团团雾气

万马奔腾　从悬崖跌落

发出震耳欲聋的声音

踩着潮润柔滑的石阶

沿脚下盘旋曲折的石径前行

石缝间清脆滴落的泉水拍打岩石

溶洞发出小夜曲的声音

水帘洞在瀑布的半山腰

有一种置身海底龙宫的梦幻

闭上眼睛好似飞到梦里

飞越南海

五月伴随脚步的轻盈

乘着彩云的翅膀

穿越蔚蓝的天空

朝着海角天涯的方向

南海宛若水中的明月

天涯的尽头烟波浩瀚碧海蓝天

海角的边缘细沙椰风银色沙滩

在分界州岛上潜水

到蜈支州岛上寻觅蝴蝶飞舞的痕迹

扑向亚龙湾感受冲浪的刺激

躺在金黄色的沙滩上

聆听海风吹拂椰树的声响

海角天涯岸边屹立的日月石

像一把锋利的剪刀守护着南海的门户

站在天涯的尽头

身心随着海浪在动

伫立在海角的边缘
双眼眺望那一望无际的海岸

在海岸的沙滩上
只有蹒跚的步履
在椰风的海韵里
洗尽两肩的风霜

洁白如雪的沙滩
阳光还未苍老
吹一首口弦曲调
让歌声陪我一起踏浪

追梦鼓浪屿

春天在不知不觉中悄然离去
春鸟的啼鸣消逝在春的深处
在花开半夏依旧嫣然的季节
斑斓的初夏已悄悄来临

鼓浪屿之夏
朝着海的方向我向你靠近
桃花岛在梦里缠绕
蓝天白云海鸥相伴依依

放慢脚步
走进鼓浪屿
感受久违的宁静
还有那老榕树垂下无数的根须

小雨中聆听鼓浪屿之波优美动听的旋律
在牵动心房灵感流淌的地方
找一个适当的视角

用瞬间记录古老的灿烂与现代的文明

鼓浪屿的早晨
是吟诗画卷的瞬间
鼓浪屿的海岸
海浪里有温柔的潮汐

鼓浪屿的黄昏
海风吹拂老榕树垂下的根须
鼓浪屿的月夜
银光舞动日光岩的神韵

太阳从金色的鼓浪屿海岸升起
这里没有了大凉山的炊烟袅袅
蓝色的大海上空群鸥腾飞
一只只水鸟在嬉戏

金色的沙滩上情侣在水岸嬉戏
天边火红的祥云里有深情的话语
我的泪是大海的一滴水
骨肉情怀像大海一样深

大渡河畔绿泥石

——有感友人"流云"馈赠奇石

这是一次偶然的旅行

走在秋天的风雨落叶里

一个躲藏在深山里的故事

在一个叫杨漩火车站的大渡河畔

在友人的居室与你不期而遇

多少人羡慕人生中的意外与惊喜

从那一刻

把你捧在手心

记住你的名字

大渡河畔的"绿泥石"

从水下到水上

只有一个字的距离

有谁知道

水下修行了多少个世纪

来自汹涌澎湃的地方

沉睡深入河流的温床

谁用手

抚摸过坚如磐石的身体

谁又用心

体味过孤寂的心

抚摸冰冷沉静的你

泥沙水草谁能媲美

一块冰冷的玉

充满好奇

冰冷坚硬和沉默不语

无法解读的透明

如果山中没有你

山就不会显出它的伟岸神奇

如果水里没有你

水也不会这样地清澈透明

如果山水画中少了你

画就没有了神韵没了沉稳

如果园中失去了你

园也尽显不了它盎然秀美的大气

如果居室里缺席了你

居室就少了它灵动静美的雅致

一方奇石

大自然赋予你柔美多姿的身躯

在琴韵的书屋里
找到了归期和属于自己存在的价值
将随岁月的脚步
渐行着容颜苍老而去

雨中微笑的彩虹

静静望着

望着天空滴落的小雨

静静地望着啊

望着横卧天际婀娜多姿的身影

当太阳爱上了雨

七彩光束的美丽是你的传奇

寻找雨中微笑的彩虹

也在凝望阳光下难舍的小雨

掀开一层层白云

陶醉在彩虹的光影里

把你抓在掌心

放在恰当的位置

阳光像失去翅膀的鸟儿跌落大地

彩虹静卧在云朵里

像一座心灵的桥梁

一朵美丽的梦
梦想顺着弯弯的桥梁化作一群白鸽
飞旋在彩虹的羽毛上

曾经
这样不停地奔波
这样不舍昼夜地追寻
只为了雨中将要消失的彩虹

是谁躲在云端处悄悄哭泣
为何眼泪在阳光的雨中穿行
想饮尽你的泪
因为彩虹就要来临

当时光还未老去
若隐若现的彩虹将转瞬匆匆离去
想抓住生命中的你
留下一份失落的情

沉默的崖柏

——民间艺人拐子六馈赠崖柏珠链

崖柏

在喧嚣的红尘中

只有懂得的人才知道

香气被誉为空气维生素

同类珠子叫你宝贝王者风范

人们都叫你植物中的大熊猫

鸨的肤白质美色泽明媚

纹理顺畅如行云流水

汲取天地之精气

积淀万年之沉香

名字在中国的版图上

一个个起眼或不起眼的地方

昆仑太行大巴秦岭山脉与雅江之巅

都有古老的神韵传说

千百年的磨难

历经大自然的风雨洗礼

绝迹孤傲

挺立在锋刀利刃的悬崖边

不论夏暑冬寒

任凭虫蛀刀劈雷电

歪着头看苍穹的变迁

独自在悬崖边坐禅万年

从山崖到城市村庄

从此不再孤孤单单

伤害你的人

将你切割燃烧复活

血液顺着肌肤流淌

却没有一丝痛苦的声响

让你变成一串串精美的佛珠手链

赞美的诗行为你打开了紧锁的门窗

在静静流淌的雅江

站立在二千多米思念的断崖峭壁上

苍劲的枝臂伸向云雾缭绕的云端

仰观日月流转俯察人世的沧桑

当与你不期而遇

刹那间眼睛竟会如此透亮

已倾听到远古的声音
化石般的身躯散发出与沉香一样沉醉的幽香

沉默的崖柏啊
像怀春的少女情愁绵长
谁是你千百年守望的情侣
谁为你在暗夜的书屋把诗行燃烧

静静地依偎在手腕上
弥漫的幽香让人迷失方向
男人把您爱在心里
女人让您紧贴胸膛

陪伴一个个鲜活的生命
从春风夏雨到秋霜冬雪
记忆融入清晰的纹路里
转动的佛珠一次次抚平心中的忧伤

会　理

——致故乡

一座两千余载的历史文化名城
一百个国家红色旅游经典之一
国家 4A 级旅游景区
是这里响亮的三张名片

火红的石榴是迎客的笑脸
让多少"男士"在"石榴裙"下汗颜
苴却砚金　沙江水域的一方奇石
是智慧把你雕成柔美多姿的身躯
蜚声中外的夏寒、兰芽、黄素兰
争春珍奇的兰草昂扬着细嫩的头颈

北阆中
南会理
这样的美誉
让多少城市垂涎三尺

南方丝绸之旅

比北方丝绸之路早几个世纪

两千多年前祖先在四川、云南蜿蜒的崇山峻岭

开辟了古道的神秘

从成都经会理渡江朝西南挺进

从云南边关盈江出境

夕阳的余晖拉长了赶马人的身影

路上摇曳着彝、藏先民的火把

留下几多古羌贸丝者的足迹

悠悠岁月书写历史的传奇

清脆的铜铃悠扬回荡

驮着白云的马帮

载着华夏文明的智慧和灵光

翻越梦想踏向远方

3585 米巍峨的龙肘山是你伟岸的身躯

延绵起伏的山峦是你民族的脊梁

一东一西两座风雨廊桥

是母亲的两条臂膀为孩子遮风挡雨

精巧的石桥像羞涩的新娘披着嫁衣

掩映在远山如黛的深处

别有一番"小桥、流水、人家"的古意

行走廊桥心中平添几许诗情

东西城河跳动的脉搏
涓涓河水从母亲身体流过
流向远方
流向高过头颅的大地

第四辑　军旗下的风采

　　军人的忠诚，是血管里沸腾的血液，是生命中鲜活的灵魂。当鲜花盛开的时候，我们的忠诚是栉沐大地的和煦春风；当夜深人静的时候，我们的忠诚是萦绕人们睡梦的甜蜜果实；当边关燃起烽火的时候，我们的忠诚是勇赴枪林弹雨的热血诗行；当清晨放飞白鸽的时候，我们的忠诚是摇曳日光里绿色的橄榄枝。我们以炽热的情感抒写士兵的情怀，以满腔的热血凝铸军人对祖国的忠诚。

盈江之恋

——为云南省军区边防八团建团 60 周年而作（一）

我爱彩云之南高原的早晨
还有盈江河畔梳妆的身影
我爱傣家山寨秀美的竹楼
还有那唱山歌入梦的姑娘

啊盈江
祖国的西南边防
你是我魂牵梦萦的第二故乡
沿着高黎贡山我向你靠近

我愿是飞翔的雄鹰
盘旋在你蔚蓝的天空
我的追梦在美丽的大盈江
伴随心海激荡起涟漪

我爱红土南疆河谷的黄昏
还有凯邦亚湖水中的倒影

我爱凤尾竹下寂静的月夜
还有那银光下缅寺塔的神韵

啊盈江
神奇的亚热带边疆
你是我魂牵梦萦的地方
让梦枕着藤蔓不愿醒来

我愿是前行的航船
巡逻在你奔流的盈江
我的祝福在江河的韵律里
伴随太阳从水岸升起

忠诚无悔　爱无悔

——为云南省军区边防八团建团 60 周年而作（二）

有一面旗帜闪耀着荣光

有一支钢枪伫立在哨所旁

有一双眼睛日夜注视着前方

有一群名字镌刻在界碑上

把爱融进祝福

把忠诚刻进不朽的丰碑

红土南疆闪光的军徽

永远纵横着你血染的忠诚

飞翔的雄鹰

已化作繁星点点闪烁苍穹

斑斓的生命

已化作红叶装点着边防的美丽

注：2015 年 10 月，本诗荣获"文艺复兴杯"全国书画、摄影、诗文艺术大赛金奖。

为曾是士兵而自豪

——为云南省军区边防八团建团 60 周年而作（三）

军人
生命中永不褪色的记忆
军人
岁月里永恒的亮点

我曾以哨兵透明的双眸
把云南边疆的丛林望穿
我曾以士兵炽热的胸膛
把边防哨卡的家园温暖
我曾以军人威武的英姿
屹立在祖国的边陲南端

八一
唤起久远的记忆
凤尾竹下军营的笑语
边防哨卡巡逻的足迹

军营的每一个角落

有我绿色年华的身影

嘹亮的军歌在耳边响起

傣家山寨舒卷起情感的涟漪

虽然早已把军装珍藏

但我仍以军人的名义

干了这杯珍藏的美酒

昔日誓言涌上了心头

守护哨卡青春写忠诚

巡逻边防沧桑任横流

八一

属于军人的荣誉

我为自己曾是一名军人而骄傲

我为自己曾是一名合格的士兵而自豪

敬礼!

我以军人的名誉

在目光触及不到的凤尾竹下

——为云南省军区边防八团建团 60 周年而作（四）

在月亮升起的地方

我守望在通往边疆的山垭口

在目光触及不到的凤尾竹下

南疆的营房是否还是原初的模样

不知遥远祝福和牵挂的姑娘

是否还依然美丽得那般忧伤

1982 年的冬季

我含泪告别了你

踏上了回归的旅程

这么多年了

不知远方的战友

是否像我一样眷念

时光飞逝在转瞬之间

我们已经走进了中年和老年

一声再见

我们却等了三十多年
经历了漫长的守望
走过了太多的苦涩

也不知道
傣家山寨的红叶几时红？几时绿？
心中的情怀
几时空、几时寒、几时热、几时燃？
谁曾用一把把锋利的弯刀
削去我多少多梦多情的追思

当栖息的容颜被岁月磨砺
当悠悠岁月朝着夕阳奔去
当迟延的重聚从远方而来
我用真情点缀如水的光阴

在悠长的日子里
不知远方的你
战友情是否依然
容颜是否已经改变

这么多年不曾走远

——为云南省军区边防八团建团 60 周年而作（五）

那一年说再见

归来时却等待三十年

盈江我的第二故乡

这么多年不曾走远

哨所弯弯的小路

挡不住界碑深处归来的脚步

站在挥别激情的地方

胸膛激荡起温柔的暗流

凝视漫游的云端

天边灿烂的晚霞

像风中飘落的一朵朵索玛花

轻轻地拂过你湿润的红唇

那是你——

在我心中割舍不下的牵挂

大盈江的河水一直在我心海流淌
橄榄绿的军装永远在我梦里缠绕
想你的时候
我会沿高黎贡山的方向
遥望静静流淌的盈江
和那月光下微风吹拂的营房

透过迷人的夜色
竹楼里身着筒裙的傣家姑娘
在舞动的凤尾竹下
美丽得那般忧伤

时间让人品味友情的魅力
空间让人倍感人生的美丽
有时我的祝福并不需要声音表现
一首小诗也能代表我的情感

绿色的橄榄枝

——为云南省军区边防八团建团60周年而作（六）

微风吹拂的营房

绵延起碧色的涟漪

静静流淌的盈江

舒卷起银色的浪花

鲜花盛开

忠诚是写在大地上的和煦春风

夜深人静

忠诚是写在人们睡梦中的甜蜜果实

边关烽火燃起

忠诚是写在枪林弹雨中的热血诗行

清晨放飞白鸽

军人的忠诚是写在日光里绿色的橄榄枝

从滇池之滨起航

——为云南省军区边防八团建团 60 周年而作（七）

走过六十多年的风霜雪雨

战友深情依然保留在心里

回首凝望当年绿色的军营

倾注着无限的眷恋与回忆

曾记否

从亚热带丛林的西双版纳

到中缅边陲的大盈江畔

界碑哨所伴随着我们威武的英姿

盈江波涛奔流着我们青春的血汗

曾记否

我们是故乡派遣到祖国前沿的卫士

我们是边防英雄八团的一员

在伏击战壕、在插秧稻田

我们和边疆淳朴的民族融成一片

曾记否

透过雨雾笼罩的群山

遥望哨所小路弯弯

在扣林山那阴冷潮湿的坑道里

我们把身躯屹立在阵地的最前沿

昨天

在遥远南疆热带丛林里

我们与残匪敌特蚂蟥暴雨奋战

在崎岖蜿蜒的崇山峻岭中

守护着祖国神圣的国境线不受侵犯

在绿色军营这片沃土里

不论是歼敌战场、硝烟弥漫

还是打靶归来、夕阳歌声一片

我们用青春与热血

谱写着战士的情怀

今天

我们虽然远离了战场的喧嚣

但嘹亮的军号依然回荡在耳边

我们为自己曾是一名军人骄傲

献身边防我们无悔无怨

明天

我们把战友深情、聚会的幸福珍藏

迈着老兵矫健的步履
颐养天年
睡梦中再踏上八团这艘起锚的战舰
从美丽的滇池之滨起航

注：本诗于 2014 年 8 月入选云南边防八团编写的《永不消失的番号》一书。

紧握窗前流泻的月光

——写于参军三十三年纪念日

（一）

冬夜窗外那片飘落的叶

没有褪去的印记浮现在眼前

大地浸染着离别的气息

汽车下父母泪水静静地流

出征前的那个冬夜

一个叫"丁香花"的姑娘来送行

精美的笔记本扉页上留下几行秀美的字

害羞地读着只有自己能听到的声音

少女对出征少年的一片真心

是那个年代女孩儿的情意

"去吧，为了教训越南小霸

放心地去吧……"
在驻守边关的日子里
细细体味扉页序语

三十三年前
带着对未来的梦想
踏上了人生的旅程
从金沙江畔到中缅边陲的大盈江
庄重地向你致第一个军礼
初知"戍边卫国"的含义

一直留恋月光下的凤尾竹
轻柔美丽像绿色的雾
留恋竹楼里初恋的姑娘
光彩夺目像夜明珠
留恋血色国旗下的橄榄绿
留恋界碑深处的战友情

今夜飘落的叶
不禁让人想起久远的年代
这是人生的约定
这是儿时那个永恒的梦想
在那片树叶飘落的大青树下
曾经拥有过的热血和汗水
战友情是成熟酿就的经典
是真情浓缩的回味

（二）

青春在岁月的长河中悄然逝去
步履日渐蹒跚　岁月已刻容颜

倦了闲敲花落的感伤
倦了坐看云起的平淡
只想在属于自己的空间
指尖拨动琴弦
心灵的和声宁静致远
珍珠般晶莹的旋律
像如歌的行板
唤起对故乡、对哨所无尽的怀念

在月光如水的静谧之夜
在安宁河畔的琴韵书屋
放眼天空
细数满天遥不可及的星光灿烂

往事随移动的月光攀窗而上
静静地回想、回忆、回味着
在这个亲切而熟悉的角落
想把七月的流火点燃

伸出我那苍劲的双手
紧握窗前流泻的月光

暮色中
脆弱的情感发出呼吸
我的诗歌
悄然怒放在夜色来临之前

重　逢

——为贵州军旅战友小海而作

战友我在遥远的地方把你呼唤
战友我在默默地等待重逢的那一天

走过这片土地
心中不再有距离
握手拥抱模糊的泪滴
默默相对不用再言语

珍藏的这段记忆
寄语多少深情
回首凝望绿色的军营
边防哨卡留下的身影

重逢的时光像流星逝去
人生的重逢又能知几许
重逢是一首无言的诗
重逢是一首无言的歌

第五辑　炽热情怀写下生命的崇高

　　血染的忠诚，铸就如歌的丰碑，在岁月风雨中高耸。这是成昆铁道卫士前行的步伐，谱写的高扬的旋律，踏着铿锵的节奏；在蜿蜒的成昆线上勇往直前的爱憎之歌，是西昌铁路公安民警大合唱感天动地的雄壮乐章，更是铁路警察面对祖国和人民的庄严誓言！

　　在大凉山铁道线上，南高原的风飘向心灵的方向，会把我的祝福送到，我想尽可能保持一颗从容的心，微笑着倾听每次清风拂过时灵魂深处的感动。有时我的祝福并不需要声音表现，一首诗也能代表战友的情感。

炽热情怀写下生命的崇高

—— 致中国铁路警察战友们

你以铁的硬度
还有路的长度
伴随铁道雄鹰
组成特定符号

从钢铁银河中提炼一种坚强的元素
从千里成昆线捧出一片泥土的芳香
你，就这样塑造了
塑造了一群
成昆铁道卫士
你把一生的理想与追求
融进江河桥梁群山隧道
把忠诚刻在钢铁银河上

榜样离我们有多远
别说它遥不可及
也别说它高不可攀

其实呀
它就在你身边
也在我身旁

在我们西铁警察队伍里
有为追击货盗嫌疑人而英勇牺牲的烈士郑光华
为保卫运输物资献出生命的押运民警孙东
有全国劳模、公安部二级英模、全国特级优秀人民
警察——彝族"神探"阿米子黑
还有"2014 感动凉山十大人物"之一朱东

我的战友啊
你胸前缀满的金质奖章
身上留下的伤疤
每一个都是精彩的故事
每一次都是护卫国家财产和旅客生命的神话

你坚强也很平凡
平凡得如铁道上一粒沙

云端在红峰脚下
贴着沙马拉达细碎的流水
生命禁区铁道绵长
那是从指尖延伸的梦想
手捧烂如云霞的木棉
去照亮大凉山沿线的每一个村庄

每一次迈出的脚步

浸湿在铁道上的鲜血

像朵朵绚烂的红木棉

定格在如血的残阳

沿着蜿蜒铁路行走

我要写下一个个名字

让你在我的诗行间穿行

澎湃成一条河流的宽广

泥石流侵袭的车站

你把双手伸展成人民群众回家的铁轨

用温暖融化旅客冰冻的眼泪

刹那间泪流满面

冰雪灾难中

我们不顾严寒

为千百万旅客送去温暖

抗震救灾里

我们众志成城

奔赴没有硝烟的战场

狂风暴雨中

顶立的一个个坚不可摧的汉子

像一棵棵木棉树矗立在铁道旁

盛开的木棉花澎湃着心岸

一排排藏青蓝的身影肩并肩
在暴风雨中为旅客筑起一道温暖的墙

小站的夜
所有的人都已入睡
你熬红的双眼
是交给人民的一份满意答卷

风霜雪雨里
有一种微笑叫无畏
铁血柔情中
有一种泪水叫隐忍
忘我付出时
有一种幸福叫坚守
熠熠警徽下
有一种荣耀叫奉献

刚毅的脸庞
是忠诚卫士热血铸就的金色盾牌
闪耀的警徽
是西铁警察喷薄而出的力量

敞开胸膛无悔铁道卫士的称号
炽热情怀写下警察生命的崇高
我们把警情动态作为第一信号
把旅客群众满意作为第一目标

在我们的脑海中

有一种目标叫作铁道平安

在我们的心田里

有一种追求叫作和谐安宁

从警的路很弯

弯得风景总在幽深的隧道处闪现

最冰冷的地方触摸到闪电

昼夜我们都站在彼此的身边

铁道卫士的忠诚

是血管里沸腾的血液

是生命中鲜活的灵魂

是用心灵触摸梦想的音符

闪亮的警灯那么耀眼

宛如中国梦头顶的初阳

让一个民族的精魂定格在崇山峻岭间

照亮东方古老国度的梦想

从奔腾的金沙江到咆哮的大渡河

从巍峨的大凉山之巅到一马平川的成都平原

我们以铁道卫士威武的英姿

把热血洒到每一个小站

我们用脚步丈量钢轨的长度

用汗水浸湿坐标的数字
仰望群山是展翅高飞的雄鹰
俯首平原是激越奔腾的金沙江

为了国家和人民的利益
我们青春无悔　忠诚无悔
因为——
我们是中国铁路警察

风儿飘过的方向

风儿飘过的方向
把追寻的梦拉长
我的梦很小
陶醉在梦里那一抹绚烂的中国红

风从南高原的入口一路吹过
风中飘着浓烈的索玛花香
饥饿的雄鹰展开坚硬的翅膀
像武士出鞘的刀

从凉山来的诗人
带着这块浸润着诗性土地的灵魂
还有那些浩如烟海的民间传说
相约诗意的柳州

在梦中等待
等待一场涌动的激情与澎湃
在一首诗里寻觅

以另一双眼寻觅似曾相识的目光

诗歌是民族的夜莺
相聚只为了诗歌
因诗歌的存在和延续
我们彼此的心灵如此亲近

陶醉在诗意的殿堂
吟诗的声音在耳畔鸣响
激荡生命的琴弦
在岁月的永恒中吟唱

轻轻地挥手
作别在冬雨的黄昏后
用警察的情和诗人的恋
写下蜂蜜味道的甜

深情地恋着你

这是一条蒙上眼睛也能摸得着的路径

沐浴着大凉山的雪花

悄悄走进多情的土地

以动车的速度像离弦的箭镞

从大凉山到柳江的路有多远

无须用脚步丈量

撑着柳江的韵色凝望

凝望飘浮在夜空的遐想

举起燃烧的火把

照亮地平线搁浅的目光

奔赴一场精彩的盛宴

拥抱生命中的每一缕晨光

迎着黎明

穿过夜色的灯火走向你

走向我深切渴望飞向的远方

抵达心中放不下的方向

我这样深情地恋着你啊
像恋着故乡的土地
喜鹊在屋檐下做窝
夜莺在窗台上歌唱

柔软而炽热的诗行
骑在我弯曲的背上
匍匐着慢慢前行
向着远方向着未来

岁月变迁也无法阻挡对你的怀念

——为战友郑光华烈士而作

在喜鹊做窝

索玛花开的地方

有一条彝语叫作"古洪木底"的成昆铁路

1970 年火车从寨子穿过

从那时起

在穿山掠水的大凉山铁道线上

警惕的眼睛总是在不停地寻望

在海拔二千五百米的红峰车站

很久没有回家

依然守候在沙马拉达隧道

在冰冷刺骨的寒冬

一次次为贫困山区的孩子慷慨解囊

在饥饿伤病的夜却啃着从火堆里刨出的土豆

笑意依然写在脸上

在神秘的彝乡山寨

被救回的哭泣女孩儿

站在乡间村寨的打谷场上

美丽得那般忧伤

在一片白桦林遮住的身后

流淌着一条波涛汹涌的安宁河

那一年为追击对手

急促地跟踪到河边

一座没有踏板的铁索桥横跨在河面上

几根空荡荡的钢绳在狂风中摇晃

面对危险毅然踩上钢索

手脚并用一步步向前挪动

那波涛翻滚的安宁河啊

突然像一匹野马向你袭来

一个浪头又一个浪头

不见了铁索桥上追击的身影

战友们多少次寻找在寒冷的安宁河畔

任凭顺河刮来的夜风在脸上吹打

任凭夜的恐怖怪异地附在战友们的身边

高藐的天空发出凄凉的声音

耳边不时传来溪流那阵阵的哀怨

相伴的时光

虽然只有几年

离开的日子
匆匆走过了许多年

这么多年了
无论我走到哪里
对你的怀念就像火车轮下的钢轨
延伸得无限遥远

这么多年了
怀念一次次越过遥远的时空
我那初恋般的柔情
一直走向迷人的午夜深渊
不管岁月如何变迁
也无法阻挡对战友的怀念

　　注：2005 年，在公安部组织的纪念任长霞牺牲一周年诗歌征集活动中，本诗获奖并入选由群众出版社出版的诗歌集《霞映长空》。

谁在柳江畔

—— 致著名"沉香诗人"田湘

一副不再年轻也没老去的模样

那是带我走向诗歌境界的兄长

谁的名字像田园风光那么纯香

谁被称为诗界乐园的诗人沉香

走进柳江

才知晓五十多年前

你先于我半年来到这个世上

多品尝了六个月的口粮

成为兄长

成为八万铁道卫士文学标杆的形象

拜读了第二部诗集《虚掩的门》

品味过第三部作品《放不下》

一遍遍欣赏第四部佳作《遇见》

如今枕边放着第五部《田湘诗选》

我致歉 时至今日

还没有欣赏到你的处女诗篇《城边》

诗界的文友
柳江畔的长兄
我不忍远离你
在风里雨里还是在梦里

牧笛吹奏在清明的路上

清明未雨的四月
是谁神色匆匆地在路上吹奏牧笛
布谷鸟鸣叫在哀愁的山冈
墓碑旁野草散发着芬芳

行进在清明的路上
泪在风雨中轻轻流淌
寻望嵯峨的群峰
屹立的永恒雕像　静静的山冈

清明
从心底喊出你们的名字
清明的风
拉近思念的距离

踏上那片圣洁的土地
杏花酒在微风中飘香
轻轻的脚步说不尽惆怅

我的战友
因为有了像你这样的英雄存在
铁道才会露出平安的笑容

田野上没有袅袅的青烟
没有纷飞的薄薄纸片
几朵素洁的小花
在缄默的墓碑旁悄然绽放

站在天空与大地的眉宇之间
我用善良的目光打量
赤红的欲望接近万丈天宇
让穿越视野的遐想自由飞翔
升腾在泰戈尔夜游的天空
化作清明的细雨慢慢飘落

在牧童遥指杏花村的荒郊野外
敲开嶙峋兀立的记忆
在碎石和瓦砾隆起的废墟上
我把高过头顶的花环虔诚地瞻望

你走那天正落雨

——致战友王斌

你走那天正落雨
苍天为你把泪滴
哭你越过生命的分水岭
哭你走得那样年轻

轻轻地
你走了
不带走一丝云
不带走一片蓝天

轻轻地
你走了
走得那样匆忙
走得那样平常

你走了
把音容笑貌留给了春天

你走了
把思念留给了永远

想你时
往事如烟
长夜难眠
念你时
就在天边
就在眼前

铮铮铁骨　不知疲倦的身躯
山川大地有永不消逝的足迹
行色匆匆的背影
如流星划过夜空
你把自己埋进春季
埋进了 2015 年的春天

血色黎明

——写于战友薛永清追悼会之日

暗夜的院落
恶魔的扳机
扣动霰弹
从你的头颅穿过

这一刻
声响撕破乡村的宁静
谁知道黎明前你已匆匆离去

那一瞬间
血液凝固大地
像火红的攀枝花
伴随太阳在晨曦中升起

你躺下了
陨落的这颗星星
依旧照亮大地

战友啊
在没有走远的路上
一个永恒的身影
追逐着你

寂静的夜里
爱妻躺在你的臂弯
陪你一起细数星星

别离是这样漫长
相聚是那么忧伤
只想在天堂的云端
与夫君生死相依

来不及与花白的双亲告别
等不了与孩子叮咛别离的话语
远行的路上
昂扬的剪影在黑暗中前行
我想陪你到云中的彩虹里
诉说恋情

谁在虚掩的门里

——写于 2014 年全路公安文学创作培训班毕业之际

当雨就要来临
沿着铁路默默前行
在一个即将关闭的小站
登上了开往春天的列车

在提速的火车上
虽然远去了
但心却没有在路上
把大爱留给了初夏的漓江

离你太远了
在冷月映照的窗前
伸长脖子从窗口回望
寻找记忆里抹不去的符号

暴雨袭击的夜晚谁在敲门
谁在断桥旁敲那扇虚掩的门

是谁的影子在夜的烛光下飞

聆听幽静的石屋里
诗意般的歌唱
从虚掩的门缝里
飘出的那魔鬼般的诗行

想穿越传说中用木鱼石砌成
长满青苔的石墙
穿越老去的时光
虽然远去了
但却放不下
放不下的是那扇虚掩的门

门缝里那抹不去的
一个个鲜活的模样
门缝里珍藏的那份情
它比柳江还要长

沿特定的方向
追赶远去的目光
放不下
放不下的还是那扇虚掩的门

柳江水

——写于2014年全路公安文学创作培训班

站在五月入口

当炙热的阳光洒满广西南疆

把柳江水托在掌心上

放飞柳州的春光

伫立在柳江河畔

与榕树下的刘三姐相望

大凉山浓黑的夜晚

高举着彝家的火把

在岁月的家门口把你观望

追逐着风的影子

追逐着闪电

寻找美不胜收的山水画卷

沿目光触及的方向

天鹅在月光下舞蹈

寂静的田野里

聆听到山歌在暮色中回响

走进诗画交融的南国
紧紧地拥抱峻美的山冈
相约壮族阿妹甜美的歌唱
躺在山水宁静的柳江河上
匍匐在清澈的河流里
聆听柳江水凄美的倾诉

南疆春季的天空
晨雾弥漫
东边渐渐放亮的云端
撕开一层火焰般的光线

夕阳下
婀娜多姿的身影
沿回家的路径
消失在转弯的远方

晚风吹拂
一道道湿润的月光
多少甜美的故事
在柳江两岸传唱
站在归去列车的窗前
心却没有在路上
柳江在若即若离的光影里

渐行渐远

啊 广西
五月的春光
挥不走的情思
看不尽的画卷

又一个春天

——写于 2015 年全国铁路公安文学创作班

又一个多彩的春天

推开了诗意的门窗

聆听南国雨滴的声响

写一篇重返柳州的诗行

站在晨光与夕晖中

眼角滑落久违和感动的泪水

寻觅柳江河畔的足迹

找回岁月流逝的痕迹

在五月的柳江

静静摊开书卷

嗅着翰墨的书香

吮吸古韵今风的营养

在回归的列车上

多想再看一眼

那视野中一张张熟悉的老脸
还有浸入水中的那双脚丫

又一个美丽的春天
从大凉山南高原走来
想把风景如画的广西山水浓缩
让走远的目光把你依恋
拾起撒落在柳江的记忆
让充盈的激情在指尖张狂复燃

噙满泪水的夏天

——写于 2015 年全国铁路公安文学创作班

初夏的夜晚
站在大凉山之巅
仰望浩瀚无垠的夜空
视野被璀璨的星辰覆盖

蓝天飘逸的云朵
吻到了南高原的脸
天空缀满七彩的绚烂
吐露出对大凉山的爱恋
洁白的羽毛越飞越远
一声尖叫掠过天地间

当需要雨露的时候
是噙满泪水的夏天
滋润了干枯的心田
给予诗意的灵感

沿心灵的方向
到达梦想的柳江鲁院
走向梦想的天堂
在诗意灵动的每一个瞬间

在童话般的乐园
看见自己羞红的脸
仿若牵着一位秀美的女孩儿
漫步在初恋的柳江河畔

一幕激越情怀的浪漫
几多难以忘怀的故事
跨过高原的山峦
渴望在泥土里沉淀蔓延

曾经错过了春耕的时节
今夕却又赶上了延期的春天

把情感写进诗行
把梦想送给大地
带着刘三姐美丽的传说
在噙满泪水的夏天

告别藏青蓝

——致大理即将告别藏青蓝的战友

夜幕的灯光下
你坐在破旧的沙发上
捧着金质的奖章
看了又看　擦了又擦

从煤灰卷起旋风的货场
回到昏暗潮湿灰尘满地的家
舍不得把挚爱的藏青蓝
还有头顶闪亮的警帽脱下

与家人团聚的时候
你总是让女儿掰开指头数一数
还有多少时光
藏青蓝能代表自己伟岸的形象

就要告别藏青蓝了
为何眼里总是莫名地噙满泪花

心里依然放不下
放不下的是那份牵挂

头上的警徽
被你用忠诚的光辉擦拭得那么亮
亮得有些耀眼
你的奉献温热着战友们湿润的双眼

告别藏青蓝
才知晓自己平凡得如一粒沙
你如一棵小草
默默奉献的背影在阳光下燃烧

三十八载用忠诚与奉献
把青春根植在大山深处的铁道线上
你平凡的生命如流星划过天际
留下一道耀眼的光芒

二月的彩云之南
木棉花还没有开放
你说待到红木棉在春天的伤口上怒放
会捂着伤口悄然回到故乡

燃烧生命的帮教专家

——2016 春运采风作品之致二级英模杨顺德

在广西　在柳州
在全国公安战线上
杨顺德的名字那般响亮
十二年燃烧生命的帮教
为四百多个迷途的孩子
打开了通向光明的天窗

高密度的电话侵蚀着你的听力
鼻咽癌在剥夺你的健康

暴雨淹没了回家的路
一个青年站在你的家门口
亲切地叫喊着"杨爸爸"
这个熟悉的面孔
是你七年前帮教过的孩子
如今他已长大
成为了一名像你一样的人民警察

我的战友啊

心灵净土的守护者

你胸前缀满的十块金质奖章

头上留下的伤疤

每一个都是精彩的故事

都是拯救生命航程的神话

你说宁可少活几年

也要换来孩子们的健康成长

你用执着的信念

让四百多迷途的少年穿越人生的沙漠

你用真情和汗水

点亮一千多迷失的孩子前行的方向

眼里的警察老公有点傻

——2016 春运采风作品之致广西战友王华

她说

她是缘于你是警察而走进你的生活

她说

她为你崇高的职业而从此靠近了你

做警察的妻子磨难多啊

孤独伴她在寂寞中度过

她却从容淡定无怨无悔

把一生的幸福交给了你

王华你把桥圩小站当成了家

妻子陪你走过了青春的十年

她摸着你微白的头发感慨

把最好的岁月留在了深山

在两间五十年代修建的平房里

夏夜里你们轮番与肆虐的蚊虫开战

在等你巡线回家的夜晚

她呆坐房间看一场精彩的老鼠表演

你欠她的情债实在太多

多想在爱的时光里相濡以沫

你说假如有一天走向天国

请别用泪水和伤悲掩埋我

在她眼里老公就是傻

把家从贵港市搬到了桥圩乡下

儿子读书和自己长期吃药没计划

一万余钱修警犬狗窝却舍得花

这些年

糖尿病、高血压没让你倒下

她说你很平凡

如铁道上一粒沙

孩子的爸啊

除夕的夜晚灯火点亮千万个家

村口期盼的儿子肩上落满了雪花

爸爸呀　你几时才能回家

雪花飘落你是否会想起

——写于 2016 年春运在广西南宁随警作战期间

雪花纷飞在寒冷的广西南疆

好像你的影子在空中忽隐忽现

冷冷的寒风轻轻吹在我随警作战的春运路上

飘落的雪花里有一个个鲜活的铁路警察模样

多想伫立在高高的雪山上

触摸明净天空　摘下云朵

采访的路上

把你与周围的风景融为一体

感受雪雨中浓浓的警察故事

聆听着为民爱民的动听旋律

雪飘落在南疆的红土地上

为何让我喷涌出最绚烂的诗行

想要对你说的心里话太多

可想要为你写的情诗实在太少

你的身影在我的记忆里

像故乡的金沙江水静静流淌
你的名字在我的世界里
为何总会让我急速心跳

我愿做你淋漓的伤痕
也愿为你收藏思念的泪水
在雪的世界里曾装有你的内容
可我无法在雪花里把你看懂

雪花飞舞你是否会想起
谁在寒冷的哨位上静静守望
生命中不曾远去的符号
还有记忆中美好的梦想

站在风铃轻响的窗前

——致隐蔽战线上的侦察兵祁继明

站在风铃轻响的窗前
把隧道里飞奔的列车望穿
无数次擦干思念的泪
更深夜静迟迟难以入眠

一个隐蔽一条战线
点燃侦察兵青春的火焰
酸甜苦辣
写满澎湃的诗篇

拾起隐蔽战线记忆的碎片
几十载不曾忘却的爱恋
背负不平凡的重担
苦乐紧张早已习惯

回望匆匆那年
隐蔽战线的岁月

与机要亲密相伴
心田依然隐藏永远的暖

密码生活像六弦琴
手指一拨优美展现
音如波涛滚滚的江河
能冲刷出无边的沙滩

右手抬起停留在帽檐的瞬间
多想再慢一点
以标准的礼仪
为告别闪亮的警徽铺垫
用一名侦察兵炽热的情感
对闪烁的警徽说今生无怨

目光被抛在柳江

——写于 2016 年全路公安文学班

含泪在暮色里
静静眺望远方
那高过山巅的惆怅
伴随抹不去的忧伤

尘封的记忆里
刻着你的名字
其实所有的别离
都是为再见而准备

月光像小鸟唱歌
目光被抛在柳江
满含幸福的甘甜
捞起每一滴思念

这里是故乡的远方
走出大山来到你身旁

风雨无阻地追随梦想
聆听柳江之畔的歌谣

故乡的远方
是跋涉不尽的阅历
是江边上熟悉的影子
我把最柔软的文字
用最炽热的声音唱响
带着温婉的诗行欣然前往

夜行远方

——写于 2016 年全路公安文学班

夜

思量

望远方

柳江河畔

赴一场盛宴

背起柔软行囊

炽热地浅吟低唱

到寄存诗歌的地方

碎成一阕浅浅的心语

岁月晕染成温婉的诗行

前方透彻时空的光芒

骑在南疆的马背上

望穿秋水的双眸

相约六月柳江

似远渡重洋

我若再来

甜美着

把诗

藏

十月的颂歌

—写于新中国成立 67 周年之际

曾经不止一次地想过你

我的祖国

你是我手握一杆钢枪

曾经用身躯护卫过的边疆

在遥远南疆的中缅边防前哨

我守护着爱着身后的每一个人

认识的和不认识的

因为他是我们的人民

我爱着身后的你呀

每一滴水

每一株小草

每一颗石头

每一寸土地

因为它是我的祖国

在九百六十万平方公里的神奇土地上

你孕育繁衍五十六个华夏民族

万里长城是中华民族的脊梁

伟大的党肩负十三亿人民的期望

六十七年前

伟人的目光掠过黄河长江

睿智的目光向世界人民宣告

中国人民从此站起来了

热血沸腾的誓言

星星之火照亮前行路

用我的泪和殷红的鲜血

临摹一幅波澜壮阔的画卷

珠穆朗玛凝聚千年不化的冰川

长江黄河喷涌出母亲的乳泉

巍巍昆仑耸立在皑皑的雪山之巅

碧波荡漾的南海倾诉无尽的爱恋

站在山峦的巅峰

俯瞰祖国的江河平原

钓鱼岛一曲华夏的歌谣

屹立在祖国的东海前沿

岁月轮回翻开历史的画卷

六十七年的征程多彩绚烂

东方巨龙的腾飞穿过国界

伟大的印记书写历史传奇

大漠的黄沙湮没不了历史的足迹

一带一路的经济航船从中国起航

波澜壮阔的赞歌在东方奏鸣

澎湃的歌谣唱响时代的诗篇

伟大的祖国

在读懂你的地方

把我的一片赤诚

献给您

评论一

军魂警魄凝大爱

杨月平

> 一身正气，军人大义雄伟岸；
>
> 两袖清风，铁警英姿化长虹。

义伟文兄的诗歌选集《踏着月色的脚步》说是处女作，其实论诗龄他已有数十年，论诗集中的早期诗作亦有数十年。这数十年的诗龄与诗作，结集付梓出版，却是首次，故为处女作。细细品来，让我震撼于心灵的便是军人的一身正气与大义凛然；让我感叹于情怀的便是铁警的两袖清风与英姿勃发。军魂也好，警魄也罢，皆凝铸对祖国、对人民的大爱之情。令我感动！不禁咏怀：

> 军魂警魄凝大爱，百姓乾坤注真情。
>
> 拳拳赤子倾碧血，灿灿中华保安平。

写诗，是要用心倾情的，义伟文兄正是如此。

诗中，看那军人之风采，舒展了军人之胸襟，却又蕴含军人之深情与大爱；

诗中，瞧其铁警之雄姿，透视出铁警之气魄，却又呈现铁警之侠义与博德。

诗外，瞅这诗人之身影，映照着诗人之心境，却又抒发诗人之柔情与厚意；

诗外，眺斯铁道之长龙，飞驰起铁道之霓虹，却又承载铁道之顺畅与幸福。

诗人曾经是军人，诗人当下仍为铁警，是那种通常人们所说的"沾满文人儒雅之气的铁血军人与警察"。而其诗集，流淌着诗人满怀的热腾气质，奔放出诗人一腔的豪情壮志，凝聚成诗人全身的极正能量——为国而歌，为民而唱，为家乡而颂，为父老而吟！

诗中血气方刚的疆域战士，诗中冷凝铁面的铁道卫士，与诗人自己都怀揣一颗炽热之心，在祖国这片沃土，在家乡这方田园，用忠心耕耘，以赤诚播下亲情——孝父母养育之情、怡女儿甜点之情、钟血亲至爱之情；种下爱情——爱祖国热烈之情、爱故乡浓厚之情、爱恋人清纯之情；撒下友情——念战友深切之情、重朋友真诚之情、怀学友依恋之情。真可谓万种风情，风情万种，尽皆以辛勤汗水浇灌、热血呵护，甚而至于生命奉献，方绽放万紫千红于锦绣江山。

这亦正是万千血性男儿身影的真实映照。

我崇敬，我咏叹：

万里江天万里安，仰仗军魂赤胆呈大美；

千秋画卷千秋美，全凭铁警忠心护平安。

各位诗友方家可有此感乎?!

2016 年初夏于月城

（杨月平，著名作家、诗人、辞赋家，四川省散文学会西昌分会副会长、西昌市作家协会常务副主席）

评论二

浅谈郑义伟诗中的亲情、友情与爱情

我尊称郑义伟先生为郑哥。他为人仗义，形象伟岸。他人如其名，我仰慕这样的人。

郑哥即将出版的诗集《踏着月色的脚步》，以歌颂亲情、友情、爱情为主题，兼及其他题材。根据他的为人去品味他的诗歌，再从他的诗歌里去解读他的为人。便知，一个情字在他的血液里流淌、骨髓里拔节，如清泉、似甘露，滋润我们的心灵。他诗如其人，我敬重这样的诗人。

"为爱而写，为情而歌"是郑哥创作的原动力。他用诗歌的方式倾诉对亲人的思念，对友情的赞美，对爱情的憧憬。

父母是我们的天，父母是我们的地。

郑哥写给父母的诗如一泓清泉，从他心底深处汩汩而出，所到之处万物得以滋润。诗中遣词精准，用语朴实，画龙点睛，令人耳目一新。诗句里既有高粱花的质朴，亦有牡丹花的富贵，寓意深远，能抓住人心，引人入胜，将我们带进如画似幻的意境。郑哥对父母的孝道，既镌刻在他的心灵里，亦落实在他的行动上。"……母亲含泪艰难地行走/在撕裂的苦难中/岁月沿着斑驳的额头/抒写母爱的伟大与慈祥//这么多年了/母爱伴随我们把爱一代代传下/母亲把我们的生命/种植在故乡的

原野上……"（《晚霞依然美丽》）

这首献给母亲诞辰的诗，有空间、有时间、有意境。在儿女们的眼里，晚霞与朝霞一样绚烂；在儿女们的心里，母爱最伟大。

"在心的深处/藏在别人碰不到的距离/父亲八十六载逝水年华/说不尽多少酸甜苦辣/风霜雪雨的人生旅程/留下几多动人的故事和美丽佳话……轻飘的笔写不出父亲的一生/脆弱的诗也撑不起父亲灿烂的天空/我是那样恋着您/沉默而慈爱的老父亲……"（《雪花里的祝福》）

读着这样的诗，谁不被影响？谁不被感染？谁不被打动？谁不对自己的父亲、母亲怀着深深的敬意，全心全意地感恩？

我虽然只有儿子没有女儿，但我能理解一个父亲对女儿的那种殷殷的关怀和情牵、拳拳的期盼和祝福。且看诗歌《这一刻》："日渐丰满的羽毛振着翅膀/以动车的速度飞向天边/一股凉意吹进我空洞无奈的心间/撞击在怅然若失的灵魂边缘……目光追逐着飞的影子/时光隧道里有一双眺望的眼睛/心灵的港湾/划过难舍的情牵。"

是的，感天动地父女情。

我赞同，"诗，必须有浓烈的感情；没有浓烈的感情，便没有诗"。郑哥对同窗情、朋友情、战友情等友情的现代书写、歌咏，别有一番风景。

同窗情，至真至纯至美；同窗情，像淡淡的茶，又似浓浓的酒；同窗情，超然对世俗，轻漠对金钱，淡泊对名利。

细嚼《谁让我有双湿润的眼》："左手紧扣右手/右手拎着对方/慢点可以再慢一点/让我用绵软的诗行为你铺垫/在春天的布谷声中/在你心田隐藏最隐秘的暖……不用翻越山峦/不必蹚过河滩/我与故乡的你相约在匆匆那年。"

慢咽《咸咸的泪滴浸润了乡愁》："逆境中/同学是一把火/燃烧激情　情谊不弃//顺境里/同学是一块冰/使你宠辱不惊//风雨中/同学是

相携的臂膀/是遮风挡雨的那把伞//阳光里/同学是蓝天上飘荡的白云/是雨后的那道彩虹。"

一生之中，谁没有参加过同学会？有人认为同学会泛滥了、变味了，而我认为那仅仅是个例。我那七十余岁的小学教师父亲、地地道道的农民母亲，他们也时不时参加同学会。他们参加同学会时，除了对蹉跎岁月的感叹可在同学之间交流之外，可没什么骄傲的资本拿来晾晒。

是呀，真诚的人，诗如其人，其人如诗。"世界上只有真诚才能动人。只有能写诗而又真诚做人的人才配称作诗人。"交朋结友的根本，贵在真诚。拥有了真诚，我们就会拥有天长地久的友谊。

且看《故乡之童年伙伴趣事》："走进被雨淋湿的街道/记忆依旧那样绵长/一缕缕炊烟如青丝般镶嵌在瓦房/儿时的梦想依然在故乡//往事随移动的月光攀窗而上/静静地回想亲切而熟悉的角落//是谁把我的心压得这样的疼/是谁把我的爱牵得那么的远//九个'彪形大汉'/黄昏的船城河畔跪拜结义金兰。"品读这些诗，仿佛和诗人一起陶醉在涓涓的溪流里，沐浴在温暖的春风中，围绕在冬日的火炉旁。

人生有一知己足矣，而有一群人为知己，作为诗人的郑哥，没有灵感怎么可能，快乐和幸福也就自不待言了。

写诗的人都知道，没有真实的生命体验，就不会有好的诗产生和出现。人们常说诗歌来源于生活又高于生活。

写给风雨同舟的警察战友，艺术化地记录了郑哥的战友情怀。

《岁月变迁也无法阻挡对你的怀念》："这么多年了/无论我走到哪里/对你的怀念就像火车轮下的钢轨/延伸得无限遥远//这么多年了/怀念一次次越过遥远的时空/我那初恋般的柔情/一直走向迷人的午夜深渊/不管岁月如何变迁/也无法阻挡对战友的怀念。"

若不重情重义，焉能写出如此感人肺腑的诗句?!

"生活是美的，以生活为基础升华出来的诗，是最有生命力的。"

郑哥的爱情诗如此，因为他在生活中拥有真爱，而真爱的素材取之不尽、用之不竭。

为了心爱的人，郑哥诗集里收录了二十余首爱情诗，诗的字里行间诠释着他的爱情观，饱含着他对爱的一往情深，让人羡慕又嫉妒。

"牵着你的手/在爱的轨道上奔跑/躺在臂弯里/享受幸福的时光//暮色淡淡的黄昏/独自遥望天边//清风明月的夜晚/聆听温柔的低语/轻轻触摸跳动的心/感受生命的美丽//这是情与情的撞击/这是心与心的交融/纷纷扬扬的记忆/夜风中的私语……"（《在爱的轨道上奔跑》）

郑哥拥有的爱情甜甜蜜蜜，甜甜蜜蜜的爱情成就着郑哥的诗心、诗趣、诗兴、诗情。

古罗马诗人奥维德说："衣袍会变成破布，金玉会成为碎片，但是诗歌带来的盛名将永垂不朽。"郑哥的盛名将引领我们在诗歌这条道上阔步前进，郑哥的诗会像春天那般在我们的心灵栖息。

英国著名浪漫主义诗人雪莱言："诗歌是最幸福和最美好的灵魂，写下最幸福和最美好的时光的记录。"无疑，郑哥的灵魂是最幸福和最美好的，因为他把最幸福和最美好的时光用诗歌做了及时的记录。

2016 年 5 月 12 日于西昌

（薛启荣，诗人、作家，中国诗歌学会会员，西昌市文联副秘书长、西昌市作家协会副主席兼常务秘书长）

评论三

生命里的另一朵花

王　哲

　　我和郑义伟通过文字相识，在通读了他的诗选集《踏着月色的脚步》后，我和他便有了相知。他是一名铁路警察，在三十多年的军旅、警察生涯里，他寄情于文学与音乐，创作了大量的文学艺术作品。《踏着月色的脚步》是其诗歌创作的结晶，是生命里璀璨呈现的另一朵花。诗选集里的每一首诗，就像邛海湿地里的青石小桥，安静地连接着我俩的心。

　　当很多诗人假借创新的名义把文字弄得晦涩难懂时，郑义伟没有。他始终保持着一颗少年般柔软的心，他用简单、纯真、质朴的眼光来打量着这个世界。他的诗，容易读、容易记，没有生僻难懂的浮躁堆砌，像轻音乐穿透喧嚣吵闹，袭来缕缕清新、隽永，很快抚平烦扰。从诗人心灵流淌出来的诗句，更像生生不息的淙淙泉水，吟唱着紧紧萦绕生命的亲情、爱情、友情和生命轨迹中熠熠生辉的警徽、军旗。诗人笔下勾勒的山川大地、河流湖泊、蓝天白云，无不散发着故乡的泥土气息和浓浓的乡情，彰显着诗人对这片热土深深的挚爱……经过数十个春秋的积淀，诗人笔下的一首诗就是一个故事，每首诗都是对生命年轮的铭记。

　　岁月是一块橡皮擦，不经意间就会擦掉人生的许多过往。童年的天真烂漫被时间的潮汐推远了，少年的血气方刚被磨成了躺在时光河床上溜圆的卵石，青年的意气风发伴随着岁月的磨砺抽身而去……然而，郑义伟徜徉在诗和歌的国度里。无论星移斗转、沧海桑田，他始终浩荡着一颗最真、最美、最善的童贞般的诗心，用美丽的语言讲述着世间的故事。

文字存活的时间远比人的寿命要长得多，读了《踏着月色的脚步》后，我更理解"精神不朽"的含义了。

"诗歌来源于生活，来源于对事物灵魂深处的挖掘，是人类情感、思想最真实、最深刻的表达。"在他的诗歌里，他把每个字和每句诗行都赋予了真实而朴实的元素，字里行间流露的是绵绵情意，有不舍的军旅战友情，有忠诚的警察情怀。读他的诗，你很容易被感染和牵引："走过六十多年的风霜雪雨/战友深情依然保留在心里/回首凝望当年绿色的军营/倾注着无限的眷恋与回忆……"（《从滇池之滨起航》）读着读着，仿佛置身于诗人营造的意境之中。不管是诗歌的语言，还是意境，都达到了浑然天成的效果，给人一种无与伦比的享受。

郑义伟用自己真挚的情感写出了关于警营的感人作品，为宣传和讴歌公安民警添上了浓墨重彩的一笔，让人民警察为之骄傲。

创作的收获与进步不停地唤醒郑义伟的创作激情，他的每一首气贯长虹的诗作都如同天籁之音穿过警营，飞向广袤的大地上。这些歌声像久违的春风吹进了我们的心胸，这些歌声融进了多少苦涩而又甜蜜的故事。这些故事散发着浓浓的故乡之情、同窗友情："谁不期盼重温纯美的情感，谁不怀念青春逝去的容颜，时光远去的回声潜藏在每一瞬间，相约数十载述说人生各自的平凡。"（《曾经的岁月依然美丽》）

情为歌之根，没有情，就像树木花草没有根一样，是长不好的。"感人心者，莫先于情。"只有情在言前，情在声先，缘情而歌，有感而发，才能产生感人至深、动人心弦的艺术魅力。

《剪一截光阴陪母亲走过耄耋的路径》："剪一截光阴/陪母亲走过

毫釐的路径/写一首感恩的诗/把沉淀五十三载的爱/浓缩成一个寿字……母亲的爱是一盏不灭的灯/永远点亮在我心里//母亲的爱如一盏灯/如一盏指航灯指引着我成长的方向……"《雪花里的祝福》:"……轻飘的笔写不出父亲的一生/脆弱的诗也撑不起父亲灿烂的天空//我是那样恋着您……把祝福飘散在冬季的雪花里。"

我喜欢听、喜欢看他每次深情的表演,听他演唱自己的作品。我真想变成一个声符,悄悄藏进乐谱,被郑义伟"一本正经"地演唱。

郑义伟的爱情诗墨凝笔端,以情入微,以情读人,鲜活生动,跃然纸上。《从今天起》:"……从今天起/不要像雨一样一直哭泣/让诗歌铺垫寻觅的路径/顺着雨滴的轨迹写一首浪漫的情诗//……从今天起/聆听窗前风铃摇曳/伴随远方爱的絮语/在遥远的郊外伸展双臂等你。"

写舐犊情深的父女亲情,感人至深。"那是红叶飘下的泪水,那是寒露晚秋晶莹的泪珠,想为女儿露珠写诗赞美,写晶莹剔透凝成一滴感恩的泪,露珠像父亲记忆的小河,滴洒在清澈透明的河面上……"(《寒露晚秋晶莹的泪珠》)

当我读了他的诗歌后,内心的嘈杂之音渐渐平静下来,困惑释然了,一时间心情从未有过的轻松。生命无须过得过于沉重,轻松本身就是一种快乐。郑义伟的诗句无形中便有了这样的功效。细读郑义伟的诗,能毫不费力地下结论,他的作品来源于生活,根植于生活,又更高于生活。诗人截取了生活中一个个精彩的片段,融入情感,便有了一首首令读者愉悦的诗作。

他为战友而歌的诗仿如飞瀑泻玉、山花烂漫、情感奔放。《忠诚无悔爱无悔》:"有一面旗帜闪耀着荣光/有一枝钢枪仁立在哨所旁/有一双眼睛日夜注视着前方/有一群名字镌刻在界碑上//把爱融进祝福/把忠诚刻进不朽的丰碑……"

语言是表达思想的工具,在郑义伟的诗歌里,四处透射出阳光的灿烂，展现着人性的本真。

人的快乐程度取决于内心的自由程度。读诗、写诗，是因为心中装着诗；写歌、唱歌，是因为心中想表达歌。唐代临济禅师有句名言颇有意味："在水上行走并不是奇迹，在路上行走才是一件奇妙的事情。"平常的生活，平常的心态，感谢每一束阳光，感谢每一次相遇，感谢上苍让我在诗歌中与诗人义伟相遇……

2016 年 5 月于月城

（王哲，作家、摄影家，四川省散文学会西昌分会副秘书长）

跋

用灵动的诗意诉说

郑义伟

处女诗选集《踏着月色的脚步》付梓问世，多年的心愿终于得以释然。"用灵动的诗意诉说"，这是多么好的一句诗，以此作为我这本诗集的后记的题目，表达我写诗时的那种追求意境、完美、自然的心情。

这些年，我亲切地抚摸着一些温暖而成熟的词语，想用诗歌的方式倾诉，倾诉对爱情的渴望，倾诉对故乡的情感和对亲人的那份思念。在南高原的大凉山上，我无时不在用心寻找，寻找隐藏在记忆深处和我最喜欢的那些符号，用以呈现我想要的表达，最高处是我仰望的大山和高峰，最低处是我倾心的河谷与水草。

蓦然回首，当我以一种微笑的姿态回顾走过的历程，也许我才能无愧地感悟：往事这般唯美，因为我真正地生活过！人的一生是一个不断感动的过程，也是一个不断寻找的过程，我只有在真切面对自己的时候，才会由衷地感动。一年又一年，人生就像一场旅行，在乎的，不是目的地和沿途的风景，而是看风景的心情。

人无法洞穿岁月的沧桑，无法挽回岁月的痕迹。尽管岁月将往事推远，每一次回首，每一次驻足，心里便盎然，所包含的辛劳与梦想都留给了一个又一个的黄昏。我的那间琴韵书屋，成了我生活的隐喻，它幽暗而又安静。我一直保持着对生活的灵敏和触摸。当我试着用文字完成我对生活现象的表述，最先触到的是我的心灵。人的心灵需要释放，人的感情需要喷发，触景生情、见物思人都是我选择写作的理由，舞文弄墨的日子里有许多故事发生，它留下了许多美好的回忆。

当夜阑人静，伏案书桌，敲打着键盘，轻轻叩开心扉，文字在键盘的碰撞中产生心灵的火花，在寂静的屋里，独自放飞着梦想与追求，用一串串或甜或辣或酸或涩或熟或稚或柔或弱或激昂或平淡的文字来表达自己的心绪。让许多最初最纯的思绪慢慢占据心灵，让心灵深处珍藏的点滴在脑海中渐渐清晰。我写诗，仅仅是因为我喜欢诗歌，喜欢那种在睡眠中醒来，一气呵成的畅快和惬意。我一直与文学和音乐、与自然、与亲朋、与世界对话，我养成了和自己心灵对话的习惯，也把自己的情感一次次交给了和我相伴的诗歌、歌词、散文、小说与歌曲和音乐的创作。

我一直怀揣着文学与音乐在这黑白的缝隙里，领略着生活的诗意与听觉的盛宴。当我写下这些文字与音符时，我的内心沉静而恍惚，被一种东西所覆盖。当我把这些年散落的细节拾起时，才蓦然醒悟，留给自己的是那么从容、淡泊、宁静、宽容、美好的心灵，这就是我精神生活中的最大财富。

在三十多年的军旅、警察生涯中，我用真挚的情感创作出了数百首深情豪迈、优美动听、饱含情愫的军旅、警营、故乡、校园、风光、人文、爱情诗歌，百余篇散文，著有一部二十三万字的长篇报告文学和十二篇短篇报告文学，一部中篇小说和六篇短篇小说等文学作品，创作完成近二百首歌曲（词曲）的音乐作品，独自撰写播音文稿和摄像并与人合作编辑完成三十部电视片及公安电视专题片等影视作品。

我的每一首诗、每一首歌词与曲谱、每一篇散文、每一部报告文学、每一部小说一次次地出现在电脑桌面，我似乎又看见火车滑过长夜溅起来的熠熠火星；看见了在飘雪的大凉山上，一个在大山夹缝间的小站上孤独前行的背影；还看见了二十世纪八十年代初告别沸腾军营生活、踏上人生旅程的自己。

从云南的边疆，到四川内地的家乡；从巍峨的大凉山之巅，到奔腾的金沙江畔；从繁华的城镇，到边远的彝乡山寨，生活给予了我真实的体验。从学写诗歌、歌词到谱曲，从学写散文、散文诗、报告文学、小说到传记文学，无论写什么都非易事。我写这些，并无意为自己涂抹亮色，只是心灵上积淀太多，把自己经历过的、感受到的生活真实地记录下来。写写属于自己那个年代的事，写写属于自己曾经美丽而动人的、值得纪念的故事。

大凉山是一个处处充满诗意的地方，生活在大凉山这片土地上，深知它深藏苦汁的灵魂。我把故乡的苍凉与历史文化的厚重，用纯洁的心灵与情感去触碰。我钟情于瞬间的灵感和遐思，我把它们看成是诗的机遇和真相。文字是我生命的另一种呼吸，面对键盘、面对一张张洁净的白纸，我内心就有一种从容、清醒和感动。这么多年，诗歌给了我一颗向上、向善和向美的心灵。我也不可能知道我要写的下一首诗是什么，这也是文学的最大魅力所在。

我吟咏诗歌，感受着天地间的浩瀚辽阔，感受着灵魂深处的天籁之音。万籁俱寂的午夜，我曾被山风吹得颤抖，孤独和寂寞在吞噬着我。我感受到一缕淡淡的月光轻轻地吻我，舔去我心上的血污。多年前的那个夜晚，泪水打湿字迹的地方已看不清了，笔尖找不到落笔处，白纸上堆满了文字。厚厚的一沓，码在前半生里，沉重的纸张啊，常常压伤我的记忆。孤独时凝望天空，我把你看成是最近的那片云；寂寞时凝望夜空，我把你当作是最近的那颗星。我不能停止我的情思，我将头抬起，温柔的晚风轻轻吹拂我的脸颊，我听见自己的絮语，在人世诸多的寂寞里，也许人生就是一场含泪的雨。

我是一个在大凉山脊梁上提灯夜行、在音乐与文学艺术航船里孤独前进的行者。从不吸烟、不喝酒、不打牌，三不会的自己，多数时间是在进行文学和音乐创作，手中似乎握住一份清闲和淡雅，文学与音乐便像花香一样充满整个房间。

多年的创作经验，让我形成了细心观察生活的习惯。只要一有创作灵感，不管是在何时何地，我都要把想到的文字与曲调记录下来。我创作的歌曲内容丰富、涵盖面宽，有美声、通俗、民族等唱法，获得了不少奖项。但是我想说，音乐与文学的创作，是我的精神寄托，是情感的窗口，与荣誉无关。我只想通过手中的音符与文字，把自己看到的生活和工作中的感动表现出来。

文学，绝不只是一种缘分，而且还是精神最后的栖息地。文学始终住在我的心里，一刻也不曾远离。作为一名曾在基层干了六年刑警的我，工作与生活的磨砺给予了我很多真实的体验。战友们顽强的工作作风和勇于拼搏的战斗精神，深深地感染着我。战友们生活中的酸甜苦辣，可歌可泣的英雄事迹，用任何笔墨也无法述说。

这么多年来，我用真挚的情感创作出了数百首深情豪迈、优美动听、饱含情愫的诗歌。这些作品充满着浓郁的乡土气息，闪动着青春的旋律，蕴含着对伟大的党、对祖国、对故乡、对亲人、对军旅、对警察职业的热爱和颂扬。

我热爱警察事业，默默无闻、任劳任怨、脚踏实地用手中的笔，不停地书写着警察的故事。每当听见或看见一个个感天动地的英雄事迹时，都会用文字来书写，用音乐来歌唱，用情感来抒发。我想做一个生命的歌者，在屋檐下尽情地歌唱，在旷野中歌唱，在街市上歌唱，在高山上歌唱，在大海边歌唱，在一切有人或无人的地方歌唱。我要永不疲倦地记录生活中的真善美、传递生命中的感动，我要不遗余力地歌唱这个伟大的时代!

人生无须惊天动地,只要用心去做好每一件事就好。在文学创作这条坎坷的小路上,我依旧像个苦行僧,每走一步都凝聚着痛苦与汗水,但我乐此不疲。在文学这片芳草地上,在书籍组成的音阶里,我任由感情的音符汩汩流淌。

这么多年了,我依然在文学的天空自由翱翔,在知识的海洋里扬帆远航。我以文字为舟,继续着心灵的旅行。我依然在路上。

这么多年了,在我的内心世界里,始终流淌着一条蕴含丰富又美丽的河流。它像一曲命运交响乐,让我看到了生命之灿烂、爱情之永恒。很久了,空气中有一种相知相惜的味道,有你让我感觉真好。月亮,彩虹,瀑布,河水,雨滴,花朵,炉火,夜雾,还有男人和女人,连无言的风都知道。风若有情,会把我的祝福送到,我想尽可能保持一颗从容的心,微笑着倾听每次清风拂过时灵魂深处的感动。有时我的祝福并不需要声音表现,一首诗也能代表我的情感。

人这一辈子,应该有自己的精神追求。我虽不想用创作为自己带来什么名和利,但却想把它当成自己一辈子的爱好。已过天命的我,想给自己作个小结,同时也想体现自己的人生和社会价值。通过这些诗歌创作,我相信自己对生命有了更深的体会。那些空洞、散乱和萎靡的感觉已变得充实、集中和振奋,并不再肤浅。在琐碎中泯灭的灵性,在沉醉和飘扬中苏醒。

出版这本带有三十年诗歌写作纪念性的诗集,对于我很有意义,那就是可以检视一下自己的诗歌创作历程。更重要的是,这也是我人生价值的一种体现。

《踏着月色的脚步》共收录了 106 首诗歌,书中的部分作品在多年前就已经完成。多少个不眠之夜,在宁静的小屋秉笔疾书,一次次地移动着鼠标,敲打着键盘进行框架设计、整理和修改。当我一次次重读这些文字时，那一系列升腾的情绪又紧紧地缠绕在我的心头：有苦，有甜，有振奋。通过创作，我找到了自己的存活方式。感谢这种寂寞的歌唱给我带来的巨大抚慰。但是，苦于自己在学识、才情、感悟等方面的浅拙，总感觉诗作还有诸多不足。假如你能从这些记忆中泛起几朵浪花，从思绪中溢出的几缕情愫，从跋涉中留下几串脚印，或者说从一名铁道卫士心灵的窗棂中读出某种感悟的话，那说明我还能将美的东西传递给你，我将无愧于心。

风霜雪雨几十载，编完这部诗稿，心情并未轻松，深恐自己才疏学浅，对语言文学的体悟不够。当钟声在午夜敲响的时候，我依然伏案书桌，在冷清和平静中一次次叙述。"胸中有丘壑，笔下起波澜"，笔是我生命的一部分。多少个夜晚，一次次地移动着鼠标，点击深山峡谷中珍藏久远的梦，在电脑上把几十年的人生历程又重走了一回。

借此机会，感谢良师、益友、兄长，被誉为"凉山第一墨竹"的著名书画奇才、诗人、作家徐文龙老师在百忙中为我的拙作写序；感谢著名作家、诗人、辞赋家杨月平老师不厌其烦地审校诗稿并提出修改意见，还为拙作写评介；感谢诗人薛启荣老师字里行间的真情流露；感谢作家王哲老师为我撰写了情感真挚的感言。感谢我的良师益友们为我的诗集出版所给予的帮助，是你们给予了我精神和艺术上的营养。我衷心地感谢你们！

在此，还要特别感谢中国著名"沉香诗人"、全国公安实力派作家、铁路公安作协主席、文学领军人物——田湘导师。是您，让我幸运地成为2016年铁路公安首批重点扶持作家之一，没有主席的执着与努力，我的梦也只是一个梦。是您孜孜不倦的创作精神和丰硕的创作成果感染、鼓舞、激励着我。

"谁的诗意惊起的电闪雷鸣/迫使呼吸需要暂时的停止/请允许在停止的瞬间接受一场又一场风雨的洗礼/诗界的文友/柳江河畔的长兄/多

想再见难舍的尊容/风里雨里还是在梦里。"兄长，我想用某种情感撞击的力量来接近你，用一种情怀来期待这个诗意的世界走近你。借兄长说过的话："不管做人和写诗，我一直努力向沉香学习，在寂寞中坚持，在磨难中成长，在需要时撕裂自己，献出最好的眼泪和芬芳。"

当我需要雨露的时候，是你们噙满了泪水的春天，滋润了干枯的心田，给予我诗意的灵感，谢谢各位老师和文朋艺友们！这么多年陪我从风风雨雨中走过。

写到这里，让我想起印度诗人泰戈尔的一句诗："把我领到你的世界里去吧，让我愉快地失去一切的自由。"是的，把你引到我的世界，就在这方寸之间，感受生命被爱包围的烈度，体味生活如诗意般的温柔。让一切的自由，被跳动的诗行封锁。

此刻，我已听到了激越的鼓点，穿透多维时空的号声；此刻，我心灵的鲜花盛开于你的眼前，希望你接受它夺目的色彩；此刻，我已看见了你——亲爱的读者！你披着夜色的轻纱悄悄地走来，在遥远的山峦之间，穿过我的黑发，去触摸了那些动人的故事，去触摸了那些跳动的音符……

这大约是我这一生留给自己最珍贵的礼物了。我从来没有想要给自己留什么礼物，因为这样的东西，我实在不好意思说献给谁。因为它实在是太平常了。这部出自在荒郊野外的诗作到底如何，我不敢妄自炫耀。无论怎样，它都是我生命流动的旋律。仁者见仁，智者见智，唯有一点相同——我和你一样，都是读者，我相信会有喜欢它的人群。

后　记

　　铁警追梦——这个梦是什么？是铁路公安对这份职业的执着坚守，是对肩负使命与责任的无悔忠诚。追梦于心，担当在肩。多年来，就是靠着这种内心世界的充盈，铁路公安民警在万里铁道线上，在大山深处，在偏僻小站，在旅客身边，在危难时刻，书写着一个个动人的故事。他们的故事也许鲜为人知，但却不乏鲜艳夺目的色彩。当那两条平行延伸的钢轨与铁路警察的人生紧紧浇铸在一起时，这钢铁就已经成了他们的骨骼、脊梁。这样的故事，每天都在铁道线上流淌，如万川入海，如星火燎原。

　　用一流的表达讲述铁警一流的故事，这是铁路公安系统贯彻习近平同志对新时期文艺创作要求、落实公安部打造警察文化具体意见所达成的共识。

　　多年来，铁路公安系统活跃着一批执着而优秀的文学作者，他们在繁忙的工作之余，一手拿枪，一手握笔，孜孜以求地倾注全部热情来创作。他们以散文、诗歌、小说、报告文学，为我们呈现铁路公安这个群体独有的情怀。从这些作品中，我们能够感受到流淌在其间的滚烫热量。一部作品能否成功，关键就在于作者是否真诚地面对生活、面对自己、面对读者。这个过程有如输血，把我们体内那滚烫的血液毫无保留、没有障碍地输送给读者，把那些感动我们的故事以鲜活的方式讲述给读者。倘能如此，我们的文学作品就将拥有长久的生命力。

这些书籍的出版得到了铁路公安文联的大力支持，折射着铁路公安充满传奇与热血的故事。借用诗人田湘《虚掩的门》诗中的几句："虚掩的门里，有着许多不为人知的秘密……它似乎在等待着一个人，轻轻地把门叩开……"希望这些书籍的出版能为铁路公安文学创作爱好者打开一扇门，让更多的人走进来，参与到这项带着春天般芬芳的事业里，把更多的色彩、更多的热量传递出去。更希望为读者打开一扇门，让他们从这扇门里，领略到铁路公安这个行业里独有的春天。